Versos En Libertad

Cuento y Poesía

Fabiana Piceda

Del Alma Editores

Versos En Libertad
Autora: Fabiana Piceda
Prólogo: Fabiana Piceda
Obra de portada:Bernabe Abel Maidana
Diseño de portada: Julia Grover
Email: juliagogrover@hotmail.com
https://www.facebook.com/JuliaGroverFOTOGRAFIA
Editora: Gladys Viviana Landaburo
Email: del_alma_editores@yahoo.com.ar
© 2014 Del Alma Editores
ISBN:978-987-29888-7-6

Prólogo

Luego de mi primer libro editado en 2009, "Versos para compartir"
y después de cinco años, vuelvo a ti, lector, con esta segunda obra de
mi autoría, "Versos en libertad", con estrofas escritas desde al alma
y esta vez un poco más instruida en las diversas estructuras que
existen en la poesía, ya que en este tiempo he podido estudiarla con
más profundidad y he tenido un contacto más íntimo con ella, hasta
el punto de contagiarla a mis alumnos de primaria, con los que
hemos compartido este mágico universo donde todo es posible.

Una imagen, una canción, un acontecimiento vivido o contado por
otros, propio o ajeno, todo es válido para que mi mente recree versos
y nuevamente en ellos siguen presentes todos los tipos de amor, que
es el sentimiento más grande que existe y sin el cual no podemos
desarrollarnos plenamente como personas.

Acompáñame a descubrir, juntos, esta mágica forma de transmitir
las emociones y por qué no, anímate a hacer lo mismo pero con tu
propia sensibilidad, plasmándola en un papel. Verás que también
dentro de tu esencia hay poesía…

Fabiana Piceda

"A mis seres queridos que me alientan
en el camino de las letras"

SONETOS

La libertad

Sus alas me remontan hacia el cielo,
la siento en cada poro de mi piel
y sabe a fruta fresca, a dulce miel,
por eso la defiendo con desvelo.

Me cubre noche y día, es un anhelo
sublime y hoy le dejo en un papel
mis versos esculpidos con cincel
del alma que por ella eleva el vuelo.

Consejera celosa de mi vida
es la brújula, faro del camino,
me enseña a combatir por la verdad.

Transito entre las calles, decidida,
no tengo miedo a nada, mi destino
es claro. Mi bastión: la libertad.

Un soneto es una forma poética compuesta por 14 versos endecasílabos. Los versos se organizan en cuatro estrofas: dos cuartetos (estrofas de cuatro versos) y dos tercetos (estrofas de tres versos).

Aborígenes

Los dueños del erial soportan todo,
sollozan sus derechos ultrajados,
le quitaron sus campos y ganados,
expira su linaje sobre el lodo.

Se esconden, relegados a un recodo,
del mundo que los tiene ya olvidados,
        así, antisociables y callados
perecen, no hay salida ni acomodo.

Si de ellos germinó el buen saber.
Es hora de apoyar su pobre vida,
pues son el punto exacto de partida.

Alcemos nuestra voz que está dormida
por los hermanos que han perdido el ser,
clamando por justicia al gran poder.

Anorexia

La joven que se mira en el espejo
ilusa, está sumida en el espanto.
La anorexia, un fantasma, trae el llanto
e inunda el alma, presa en un reflejo.

Su cuerpo es lastimado y un cortejo
de dudas aletean, el quebranto
se yergue en su cerebro que de tanto
pensar, se muere en vida, sin ser viejo.

Levántate de allí, que ya la vida
sucumbe, agonizando en tu mirada.
Es hora de buscar alguna ayuda.

Despierta de ese sueño sin salida,
que la belleza espera abandonada.
Aún hay tiempo, es la verdad desnuda...

Barrilete

Danzarín de los cielos, majestuoso
por las nubes te elevas con el viento.
De colores se viste el firmamento
cuando avanzas, en vuelo tan airoso.

Como un ave, planeas victorioso,
nuestros niños te muestran su contento
porque das alegría en un momento
y sus manos te ensalzan venturoso.

Encarcelas la brisa que acaricia
tu silueta flexible y delicada.
Un cordel, con el mundo, te conecta.

Observar cómo juegas es delicia.
Muchos ojos persiguen tu empinada
ascensión, maravilla predilecta.

¡Cómo duele el amor!

¡Cómo duele el amor si lo has perdido!
¿En qué instante comienza su partida?
Aunque el tiempo transcurra no se olvida
y es su magia un hechizo sostenido.

En el alma se esconde revestido
de nostalgias e inunda nuestra vida,
y con los años en la piel curtida
es ungüento que calma lo sufrido.

Porque es mejor amar profundamente,
que nunca conocer esa ternura
salvadora, remanso en la corriente.

Llevarás junto a ti, resplandeciente
ese afecto empapado de dulzura,
frescura derramada complaciente.

Tendrás siempre presente
los días compartidos, tan felices,
que a tu ser ofrecieron sus matices.

Con la imaginación

Con la imaginación yo vuelo al cielo,
me visto de poesía, soy la luna
que acaricia tus pasos, la fortuna
que buscas cada día, con desvelo.

Con la mente concibo el desconsuelo
y al mismo tiempo río, no hay ninguna
barrera, soy un cisne en la laguna
o un hada que hace cierto algún anhelo.

Me transformo en princesa de una historia
o en el amor fugaz de un gran artista,
pues nada es imposible si en el alma

habita la ilusión; llego a la gloria
con mis palabras simples de idealista,
puedo ser fuego y mar en dulce calma.

Con las flores

Con las flores se enciende mi esperanza,
sus perfumes despiertan los sentidos.
Suave brisa que alienta mis latidos,
renovando la dicha y la confianza.

Primavera, la musa sin tardanza
que a poetas susurra en sus oídos
deliciosos poemas revestidos
de nostalgia, pasión, contento y danza.

En el jardín poblado de mil rosas,
cuando el hada florida estaba cerca
en mis labios tu boca fue trofeo.

Con el tiempo han pasado tantas cosas,
mas recuerdo que junto a aquella alberca
de tu mano yo conocí a Morfeo.

De tu mano

De tu mano, mi amor, mi niño bueno
entré al mundo en que reina dicha y llanto,
 durmiendo poco o nada, pero un manto
delicado y sutil cubrió mi seno.

Aprendí ese afecto tan sereno
en las horas de fiebre y de quebranto.
Conspiré contra el miedo, no sé cuánto,
hasta te defendí al oír un trueno.

Te arropé cada día con paciencia,
una estrella encontré en la negra noche
para alumbrar ensueños a tu mente.

Junto a ti, en la desdicha y la dolencia
cerca estuve velando con derroche
de ese cariño que brindé vehemente.

Aún sigue tan vigente…
Perdura nuestro amor igual que ayer,
haciéndose más fuerte ese querer.

Detrás de la ventana

Detrás de la ventana caen gotas
de lluvia que salpican los cristales
y en mi alma, entre las ilusiones rotas,
mis lágrimas se vuelven manantiales.

Así la herida sana y las derrotas
del pasado se aquietan, tantos males
parece que se esfuman cual gaviotas
partiendo hacia los mares más australes.

La lluvia me estremece, es compañía,
la dama silenciosa de mi noche
que solo balbucea una canción.

Monótona y constante melodía,
me embriaga de su encanto con derroche
de sueños, fuente de mi inspiración.

Y nace una oración
que se convierte en verso de un soneto,
porque ella me confía algún secreto.

El amor

El amor es un fuego que me quema,
una brasa infinita que me arroba,
y en mi sangre suscribo como lema:
proclamar el precepto de mi trova.

"Ama el campo, la flor, la fe suprema,
ama a niños y grandes, sé la loba
que protege la vida, sé diadema
que incluye a todo ser y todo innova".

El amor no se irá, vendrá colmado
de ilusión, mi jardín vestirá terso.
Y otra vez en mi sueño enamorado,

sin dolor, volará por mi universo.
Ya lo siento latir, y está instalado,
es la fuerza perpetua de mi verso.

El desmonte

Solloza el monte lágrima silente,
sus ramas yacen en la tierra yerta.
La inmensa soledad abrió la puerta
mientras la vida muere lentamente.

Las aves sin mañana ni presente
se alejan de sus nidos, y desierta
la zona llora, su esperanza incierta
queda enterrada sola sin simiente.

Van juntos el desmonte y la extinción.
Parodia sin conciencia, una locura,
y nadie frena el crimen aberrante.

¡Que el hombre borre tal profanación!

No hay tiempo que perder, la desventura
será pago a la lacra del maleante.

Tengo un interrogante:
¿Tal vez el mundo no lo tiene en cuenta,
viviendo ciego y mudo tanta afrenta?

El dulce de leche

Este dulce es de origen argentino,
exquisita delicia de la abuela,
es muy fácil: azúcar cristalino,
blanca leche, vainilla y la cazuela.

En licores y postres adivino
su presencia que suave se revela,
es tan rico, dulzura y desatino,
como un beso que rápido consuela.

De todos los manjares y placeres
uno de los mejores, con agrado
disfrutan hombres, niños y mujeres.

Mmmm ¡Qué deleite probarlo, ten cuidado!
Todo en justa medida, no exageres,
recordando: la gula es un pecado.

El jabón

Compañero del agua, perfumadas
deja todas las cosas, suave espuma
nos regala y tan rápido se esfuma
entre burbujas trémulas y aladas.

De glicerina a veces, sueño de hadas,
acaricia la piel como una pluma,
resbala y embalsama con la suma
fragancia de sus formas agraciadas.

En el baño, también en la cocina
exhibe su figura de algodón
espléndida, una gota saltarina

se posa en sus paredes, qué ilusión
meternos y dormirnos en la tina
con pompas cristalinas de jabón.

El mate

Amigo de mis días y semanas,
conoces los secretos más profundos,
alegras las congojas en segundos,
entibias, si hace frío, las mañanas.

Alejas de mi mente las arcanas
penurias del ayer y así, rotundos
se vuelven los momentos vagabundos,
contigo admiro el sol por las ventanas.

Me embriaga tu tibieza y dejo atrás
las penas que molestan del pasado,
del gozo y de la angustia fiel testigo.

Alegres son las horas cuando estás,
mi mesa te recibe con agrado.
El verso nace cuando vas conmigo.

El perdón

Quiero encontrar coartada efectiva,
busco el olvido completo y urgente,
sé que es difícil luchar contra el ente
del pensamiento, la venia es esquiva.

Pienso decir a la gente, pasiva,
"tacho cualquier vilipendio, clemente,"
dicho que sana la herida en la mente,
dándole luz y coherencia alusiva.

Borro tu ofensa, no indagues razón,
borro la herida feroz con bondad,
borro la angustia y te ofrezco perdón.

Porque la paz escudriño en verdad
tengo accesible el vital corazón,
nula declaro tu tonta maldad.

El reloj

Marcabas los instantes de mis días
reloj del templo amado, fiel amigo
en horas añoradas y testigo
callado de mis locas fantasías.

Te elevas bajo el cielo, ahora guías
momentos y jornadas; tierno abrigo
de cientos de palomas que persigo
con ojos empapados de alegrías.

Dos campanas te escoltan victoriosas,
esparcen sus sonidos con el viento
y todo el mundo acude presuroso.

Dios bueno envía estrellas amorosas
que velan por la noche tu cimiento.
La ciudad te contempla luminoso.

El verdadero amor perdona

El verdadero amor perdona siempre,
no le importa sufrir o si lo olvidan,
es gracia celestial, el dulce almíbar
que al corazón suaviza y hace fuerte.

El verdadero amor desde la nieve
del desafecto asoma y sin medida
da todo, no se ofusca, la alegría
lo baña, como escudo reluciente.

Te amo aún sabiendo que me ignoras,
ya olvidaré mi pena con el tiempo,
aunque al presente llore y sufra sola.

Te di todo mi ser, no me arrepiento,
fue bello, mar tranquilo, sal y roca,
contigo vi la luz, toqué los cielos…

Felicidad

Felicidad, efímero diamante
que el hombre ansioso busca sin desvelo,
por mil caminos, hasta cruza el cielo,
para abrazarla como a bella amante.

A veces dura sólo leve instante,
mas el alma lo guarda con gran celo.
Ese dulce recuerdo, tierno anhelo,
como un faro la guía, así, constante.

Muchos saben llegar a aquella dama,
los que buscan allí en su corazón,
en paz existe y tierna les reclama.

Otros creen hallarla en su razón
o en riquezas fugaces como llama.
Así encuentran la triste desazón.

Gloria a Dios

Gloria a Dios en la tierra y en el cielo,
pues ya viene el chiquillo en paz sincera,
es Jesús, bella flor que en primavera
reaparece, trayendo su consuelo.

Ya la noche lo aguarda con desvelo,
preparando una manta lisonjera,
bordadita de luces, mensajera
del arribo de Dios, ser pequeñuelo

que regresa a la tierra nuevamente
regalando su amor de gran amigo.
Abre tu corazón, también tu mente
y serás abrigado, sin castigo.

Él es amor de amores, complaciente,
Salvador de los hombres, el buen trigo.

La cama

Te adoro, eres parte de mi vida,
quiero de tu caricia la tibieza,
reclinaré cansada esta cabeza,
tu presencia al ensueño me convida.

Entre tus brazos soy paloma herida,
pero calmas el mal, la fortaleza
llega y suprimes pronto mi pereza,
en tu cuerpo sucumbo protegida.

Quiero estar para siempre junto a ti,
mi ser suspira, gime, sufre y llama,
no puedo, ya no quiero estar así.

Te busco día y noche en mi pijama,
un jardín perfumado de alelí
encuentro, si te veo, linda cama.

La niña afgana

El verde se hace de sus ojos dueño,
ahora nos oculta las sonrisas,
al cielo implora pronto que las brisas
infames se disipen del mal sueño.

Su espíritu aún joven, no es pequeño,
las tradiciones lleva por divisas;
igual que un gato viaja en las cornisas
del desarraigo sin perder empeño.

Se marchita su sabia por la pena,
gotean sus pestañas el sollozo
y resignada al sino ve la arena

de extraña tierra, quiere ser esbozo
viviente de su raza, en cada vena
renace su esperanza de fe y gozo.

La patria

¿Qué es la patria? Pregunta mucha gente,
patria es nuestra familia y el amigo,
el señor poderoso y el mendigo,
son los hombres que crean el presente.

El joven estudiando diligente,
aquel agricultor que da su trigo,
la madre que te cubre con su abrigo
es la patria forjándose paciente.

Otras generaciones, los abuelos,
aportan su saber con alegría,
hicieron la Argentina, sus desvelos

nos brindan fe y amparo todavía.
Y los niños, promesas sin recelos,
escriben el futuro cada día.

La rosa

La rosa que era como terciopelo,
tan blanca cual capullo de algodón,
se puso roja porque el jovenzuelo
dijo te quiero, pleno de ilusión.

Sus manos palpitaban con anhelo
y se alegraba, preso de emoción.
La voz de su sentir tocaba el cielo,
conquistando por siempre al corazón.

Los temblorosos labios de su amada
un beso abandonaron en la rosa
y confesaron que su enamorada

también todos los días, amorosa,
pensaba en aquel joven y animada
esperaba confiada y sigilosa.

Y al fin la prodigiosa
historia comenzaba con ventura,
sin miedo, dando paso a la dulzura.

La tarde y tú

La tarde ya se acerca, te imagino,
y el sol alumbra el cielo, todo es bello.
Un canto de zorzales con su sello
soberbio nos deleita, manso trino.

Mil nubes, ave, brisas y un camino,
ensueño, luz que alumbra y en mi cuello
tus manos son gaviotas, un destello,
tus ojos que me miran, desatino.

En ti hallo paz, ya vuelo y con mi canto
calandria soy, los astros siderales
me rondan, tu dulzura va en mi piel.

Es que tu corazón seca mi llanto.
Y siento, si estás cerca, que no hay males,
cielo, zorzales, trino, ave, astro, miel.

La vida

Nacemos en un mar de pena y llanto
y aprendemos muy pronto la sonrisa.
Nos volvemos criatura muy sumisa
si una madre nos duerme con su canto.

Avanzar muchas veces cuesta tanto,
caemos, tropezamos, todo a prisa.
Mil palabras la boca se improvisa
cuando la infancia cubre con su manto.

La juventud florece, somos bellos,
el amor nos espera en un lugar
y se queda alumbrando nuestra suerte.

Nuestra vida se acorta, los destellos
refulgentes se escapan del hogar,
la vejez solitaria, al fin la muerte.

Pero del cuerpo inerte
el alma surge bella cual diamante,
llegando hasta el Señor, feliz, triunfante.

Madre precoz

Eres casi una niña y en tu seno
llevas fruto de amor que te ha engañado,
pero tienes valor, un tapizado
de coraje, tu alma, cubre a pleno.

El corazón no late tan sereno
porque sola quedaste, lo soñado
en ese gran idilio del pasado
hoy solo es ilusión, un bien ajeno.

Madre precoz no llores a escondidas,
Dios te ha confiado vida delicada,
si cuidas su regalo tan hermoso,

él será joya pura muy preciada
para ti, un ángel bello, primoroso,
sanador de tus múltiples heridas.

Madre

Con tierno canto siempre me acunabas,
mis ojos contemplaban tu grandeza.
Tu inmenso corazón de gran nobleza
marcó siempre el camino y me ofrendabas

consejos que guardé, también soñabas
un mundo justo, lleno de pureza.
Así logré ganarle a la tristeza
en pago a aquel amor que me brindabas.

Sembraste en mí cariño leal, sincero,
forjando a fuego vivo mi destino
de sentimiento claro y verdadero.

Si sufro, eres remedio matutino,
tus brazos me sostienen… un te quiero
con tiernos besos son el don divino.

Constante en mi camino
conservaré el legado que me has dado:
paz, amor, fe y bondad, tesoro amado.

Mi guitarra

De mis noches la amiga, mi consuelo,
me abrazo a tu madera reluciente,
mis manos te acarician suavemente
porque contigo puedo montar vuelo.

Me elevas por las nubes, hasta el cielo,
hacia aquel universo floreciente
que la imaginación buscó ferviente,
donde brota en mi canto, puro anhelo.

Mi voz fluye a la par de tu sonido
y la armonía nace primorosa
de tu gran corazón alabastrino.

Se propaga tu esencia cual la rosa,
me obsequia ese regalo tan querido:
bella armonía, suave y melodiosa.

Mi tierra

Allá en el sur, glaciares majestuosos
elevan colosales su escultura,
mi tierra bendecida por Natura
tiene suelos preciados y gloriosos.

Al norte, sus veranos calurosos
te procuran paseos y aventura,
disfrutarás de paz, arte y cultura
y te esperan sus ríos caudalosos.

Junto a la bella playa y su bahía
predomina el encanto más completo,
pues paisajes variados la embellecen.

Bendecida de Dios, raíz tan mía,
lugar de la verdad y del secreto...
Juntos trigal y viña libres crecen.

Mis duendes

Los miro y me parece solo un sueño.
Sonrío, puedo ver sus travesuras.
A veces me contagian mil locuras
y la casa es el sitio más risueño.

Son duendes que regalan su pequeño
tesoro de sonrisas y ternuras.
Cien besos en las noches más oscuras
Alumbran esas sombras como un leño.

Avivan el hogar, no sé qué haría
si no tuviera todo ese cariño.
Mi vida no tendría tanta luz.

Sin ellos, solitaria al fin del día
saldría a perseguir la voz de un niño
o rezaría sola ante la cruz…

Mona Lisa

Su sonrisa nos colma de misterio,
increíble, pacífica, enigmática,
Mona Lisa contempla un tanto estática
a los hombres de todo el hemisferio.

¿Qué esconde? -se pregunta mucha gente-
este retrato irónico y perfecto,
pues Da Vinci ha plasmado sin defecto
en su rostro ese gesto sugerente.

Con suavidad de trazos el artista
compuso esta grandiosa obra de arte,
generoso placer a nuestra vista

y para la cultura un estandarte.
Espléndida te luces gran señora,
sonríes, pero acaso ¿tu alma llora?

Mis pies te seguirán

Mis pies te seguirán al fin del mundo,
serán tu sombra siempre, no hay camino
que no quieran andar y es su destino
llegar a tu morada en un segundo.

El sentimiento brota tan rotundo
        en el alma y bosqueja un remolino
que navega en mi sangre, torbellino
capaz de lo imposible; vagabundo

persigue tu silueta y por las noches
se esconde en cada palmo de tu aliento,
brindándote el calor que tanto añoras.

 A tu lado no existen los reproches
pues eres de mi amor el alimento,
contigo pasan rápido las horas.

Son ángeles que adoras,
mis pies desnudos, dueños de tus pasos
que corren a encontrarte en los ocasos.

Morir de amor

Despacio voy cayendo, estoy ausente,
soy hoja mustia, sola en la tormenta.
La roca de la playa a quien avienta
un crudo remolino en su rompiente.

Soy árbol seco, arpa que silente
descansa en un albergue somnolienta.
Mujer que sin respiro se lamenta
y existe, perpetuándote en su mente.

El ave que ha perdido su sustento,
la vieja y rota cuerda de guitarra
de un pobre y desolado trovador.

Así me siento, vivo mi tormento
cantando glosas tristes de cigarra...
Espero mi final: morir de amor.

Muerte en cruz

Muerte en cruz, al igual que los ladrones,
muerte santa dadora de la vida,
sacrificio valiente que en perdones,
nos concede la savia prometida.

¡Oh Señor! Por tu angustia son sanadas
las ofensas, sintiéndonos librados,
tus heridas, punzantes, ultrajadas,
manan sangre que cubren los pecados.

Yo te adoro, cantando un himno nuevo,
alabando tu entrega redentora,
me proteges de todas las condenas.

Y muy dentro las penas sobrellevo,
confiando en tu promesa salvadora,
la que rompe por siempre las cadenas.

Navega mi soneto
(Soneto sin sinalefas)

Navega mi soneto como brisa,
en versos simples, suaves, sosegados.
Del alma son amigos bien amados;
corren mis dedos gráciles, de prisa.

Contando voy palabras, la sonrisa
despierta, dos cuartetos ya logrados
distingo, dulcemente cincelados;
me siento la pequeña poetisa.

Navega mi poema, sus tercetos
comienzan, sinalefas no se ven,
en rima, ritmo, forma, van sujetos.

Todos encaminados, como tren
los versos se mantienen sin aprietos.
El final llega raudo, todo bien.

Sinalef a: unión de las vocales finales e inicial es de dos o más palabras consecutivas en un a sola sílaba

Océanos de amor

De tu esencia Señor confluyen puras
aguas vivas de piélagos de amor,
las que sanan tristezas y dolor,
las que pueden calmar las desventuras.

Si me cubres con ellas van seguras
mis acciones, no habrá ningún temor,
pues me bañas en cada resplandor
de tus rayos, caricias tan seguras.

Purificas del hombre su maldad.
No se puede escapar de tu sapiencia,
en tus manos habita la verdad.

A tu lado no existe la dolencia,
ni lo injusto, tampoco soledad.
Océanos de amor en tu presencia.

Otro año comenzó

Otro año comenzó ¿Qué nos depara?
Tengamos esperanza que algo bueno
florecerá regando de amor pleno
los días del futuro; se dispara

cual proyectil veloz, en nuestra cara,
la vida, tan efímera y sin freno,
no se puede lazarla como al heno,
por eso hay que vivirla, libre y clara.

Pensando que este día se termina,
 que tal vez un mañana no tengamos,
no pierdas ni un minuto y haz el bien.

El novel año trae alguna espina,
pero también las rosas con sus ramos
más bellos, vive hoy, al cien por cien.

Poesía

Ante el blanco papel está mi mano,
mientras pienso palabras al azar...
Muchas veces la pluma al no avanzar
me somete a la angustia y al desgano.

Todo aquello que escribo no es en vano,
es la musa más dulce y peculiar,
una amiga que espera en el lugar
donde eterno descubro mi verano.

Cárcel, liberación, dolor, placer.
Sueño, insomnio, poción que me serena.
Verdad y duda puede hacer crecer.

Mas sin su compañía, triste pena
late en lo más profundo de mi ser.
Con poesía mi vida ya está plena.

Me vuelvo una sirena
y navego los mares más oscuros
sin miedos, con los versos, mis conjuros.

Pueblo mío

Pueblo mío, sentí mi amor primero
mirando tu silueta natural,
los campos con aquel cañaveral,
donde el dulce sabor es prisionero.

Mi niñez transcurrió en semillero
bienhechor, bajo el manto sideral
y en las noches de paz primaveral,
añoro cuando dije ese "te quiero".

Fueron todas sus calles compañeras
de los sueños colgados en mis ojos,
los llevé correteando en las aceras.

Allí pude sentir los mil sonrojos
que produce el amor, si verdaderas
son las ansias del alma en sus arrojos.

H-¿Quién entiende Señor?
(Soneto dialogado)

H-¿Quién entiende Señor a las mujeres?
Ellas son una caja de sorpresas.
D-Además de gozar de amaneceres,
precisan más cariño del que expresas.

H-¿Quién entiende Señor a las mujeres?
D-Quieren todo tu apoyo, son princesas
del hogar y se esmeran en quehaceres,
colabora gentil en sus empresas.

Necesitan ternura, nunca hieras
su sentir. Son tan suaves como espuma,
pero pueden volverse ardientes fieras

que defienden la raza con su suma
valentía, ante nubes agoreras
se hacen savia vital que al bien perfuma.

H-HOMBRE
D-DIOS

¿Razón o sentimiento?

¿Qué vale más, razón o sentimiento?
Es una disyuntiva interesante
que al hombre agobia y mueve a la constante
rutina de buscar entendimiento.

Me temo que encontrar el sufrimiento
se vuelve ya posible en ese instante,
más sé que el corazón es el amante
más fiel que siempre rige el pensamiento.

Los dos son importantes, no lo dudo,
pero el amor lugar supremo ocupa,
él guía los senderos de la vida.

¿Razón o sentimiento? Queda mudo
el genio que examina con su lupa,
sabiendo que el segundo no se olvida…

¡Resucitó!

Domingo… se hizo más brillante el día,
Jesús con su radiante luz regresa.
Vencido está el pecado, dura empresa,
retorna así la paz y la alegría.

En esta Pascua demos compañía
al que se encuentra solo y en la mesa
compartamos el pan la nobleza,
olvidemos agravios en la vía.

Al mundo nuevamente la esperanza
ya llega, todo es dicha y misticismo
pues de la muerte Cristo nos libró.

La calma del edén Dios nos alcanza
y aunque solo parezca un fanatismo,
es cierto, ¡hoy el Señor resucitó!

Señor del corazón

Con rosas tú compraste aquel destino,
perfumes que embriagaron mi razón.
Te tornaste en señor del corazón,
llevándome al jardín de lo divino.

Mi senda tapizaste en oro fino,
no tengo miedo alguno a la traición,
pues eres mi refugio y armazón,
mi fiel acompañante en el camino.

Eterno amante mío, no eres sueño,
la primavera llega con sus flores,
te las regalaré, mi dulce dueño.

Matizaré tu rostro en mil colores
que alegrarán brillantes el pequeño
edén de terciopelos y de amores.

Setenta veces siete

Excuso tus ofensas sin motivo
intentando el olvido más completo,
sé bien que es muy difícil, duro reto;
el dar perdón resulta subjetivo.

Por eso manifiesto, en positivo,
borrar cualquier ultraje y obsoleto
declaro cada agravio por decreto
del alma y a la paz me circunscribo.

Te indulto, no preguntes la razón.
Me heriste, la lesión de tu estilete
filoso fue, lo hiciste con maldad.
Filoso fue precisa sin piedad.

Pero a pesar de ello mi perdón
ofrezco, pues setenta veces siete
te puedo perdonar la iniquidad.

Si me falta el amor

Si me falta el amor el alma vaga
en las sombras y pierdo la emoción,
en eterna agonía mi canción
suena hueca, mi espíritu se apaga.

Si me falta el amor, así soy daga,
la que hiere y envía a la prisión,
se oscurece la luz del corazón
si se aleja, la fe, veloz divaga.

Por él vivo, sin él no existe el mundo,
es motor que promueve cada vida.
Aunque todo posea, si un segundo

me abandona, camino confundida
en triste soledad, pues muy profundo
es disfrutar, feliz, su compañía.

Soneto esdrujulísimo

Me veo ya escribiendo el problemático
soneto esdrujulísimo, al psicólogo
tendré que recurrir y en un monólogo
relataré un tormento muy enfático.

Le contaré mis penas, muy estático
será mi pensamiento y al cardiólogo
luego me iré, quizás hasta al neurólogo,
curará mis neuronas, sistemático.

Y si todo resulta algo económico,
veré las cosas con su lado cómico.
Los médicos ya no darán su plática,

y con exactitud muy matemática
mis pesos ahorraré y muy romántica
dedicaré momentos a la cuántica.

Sonetos

Palabras esculpidas con esmero
demanda este poema complicado
y teme el escritor aficionado
que algún escrupuloso encuentre un pero.

Mas nada es imposible con certero
estudio, y cual metódico egresado
practica los acentos, empeñado
en perfilarlo cual sagaz barrero.

Fulguran en las rimas las pasiones,
los besos, alegrías y tristezas,
luciendo un abanico de emociones.

Los hombres se quebrantan las cabezas
pensando en entender estas nociones
que exige un buen soneto, sin torpezas.

Si limas asperezas
verás que con esfuerzo es muy sencillo
y al fin podrás sabértelo al dedillo.

Todo vuelve

El cariño que ofreces, este día
volverá a su vertiente duplicado.
Hasta el mal que te hacen y el pecado
a su dueño retorna, en agonía.

Esa mano que ofreces, la alegría,
tu sincera palabra, son legado
que regresa a ese mundo que has soñado,
porque lo bueno vuelve, es garantía.

Tan cierto que lo vi, buscad lo bueno
y tendrás abundante paz y fe.
No derroches tu tiempo cual bengala.

Con quietud y humildad, vivir a pleno,
recordando este dicho del que hablé:
"Todo vuelve", por ello, Amor regala.

Tu nombre

Tu nombre está tatuado en mi retina
desde la vez primera en que te vi,
con tu sonrisa blanca y carmesí,
seduciendo a la brisa cristalina.

Toqué el cielo mismo en esa esquina,
un suspiro fugaz brotó de mí.
      Sumisa a tu mirada respondí
y mi ser percibió la paz divina.

Instante inolvidable que perdura
en mi mente, evocando ese momento,
es luz preciosa y borda de ternura

mis días, tamizando de contento
el alma que eterniza esa dulzura
y hace crecer profundo sentimiento.

Tu siembra

Cultiva las semillas de bondad,
sembrándolas con gran amor certero.
Recogerás sus flores, duradero
tesoro que dará tranquilidad.

Perfúmate con fiel sinceridad,
confía en dar la mano tú primero.
no pongas tu ilusión en el dinero,
emplea como escudo la verdad.

Esos capullos bellos, rozagantes,
            le otorgarán color a tu existencia;
perdurarán, colmando de contento

y de la soledad, acompañantes.
No temerás el frío en su presencia,
de paz ellos serán el instrumento.

Tus ojos

Deslizo entre mis dedos tus cabellos,
sintiendo tu fragancia que encarcela
y el sentido a la nada lejos vuela,
se pierde en tu mirada, siempre bellos

tus ojos atesoran mil destellos,
ya no puedo dormir, mi ser en vela
revela los secretos y una estela
de luz brillante, llégame con ellos.

Son fuente de dolor y de alegría,
motivo suficiente para amarte,
mi corazón palpita como un loco.

Concibo la más bella fantasía,
pues son perfectamente la obra de arte
que hace surgir los sueños, poco a poco.

Cada vez que yo evoco
tu mirada, me tiemblan estas manos
y encuentro sentimientos sobrehumanos.

Un gris otoño

Fue un gris otoño cuando tú partiste
llevando de equipaje, mi alegría,
tu amor era tan sólo fantasía,
hoy queda mi jardín, vacío y triste.

En mi entidad la sombra aún subsiste
disfrazando de oscuro la agonía,
tallando con crueldad mi geografía
que en vida muere, pues sin ti no existe.

Parece sempiterno aquel ayer
donde perdí el fuego de tus brazos,
no sé cómo encontrar la primavera.

Quizás me espere algún atardecer
con nuevas esperanzas, sin rechazos,
amando así cual esa vez primera.

Vacaciones

Qué dicha es disfrutar las vacaciones,
dormir hasta que el sol en mi ventana
me avisa que ya empieza la mañana,
entonces me levanto entre canciones.

Diviso mi semblante, sus reacciones
alegres, el espejo muestra, ufana
se siente el alma mía y haragana
disfruto de mi tiempo, sin presiones.

Escucho el suave trino del gorrión,
es armonioso canto de alegría.
¡Qué bello es disfrutar tal emoción!

Observo en las ventanas mi buen día,
un tereré refresca el corazón
y en mi mente renace la poesía.

Vestida de inocencia

De terciopelo rojo mi vestido,
de blanco mis zapatos y cartera,
la sonrisa radiante en primavera,
un paseo me aguarda, divertido.

Tan dulce me contemplo, complacido
el sol, de oro, tapiza la vereda,
mis mejillas enciende con certera
tibieza y es mi día bendecido.

En la fotografía estoy hermosa,
la niñez me acompaña al cien por ciento,
cuatro años de esperanza, soy la rosa

del jardín de mi madre, su contento.
Vestida de inocencia iba graciosa,
la imagen eterniza ese momento…

Y sueñas

Y sueñas con su rostro nacarado,
la perla de los mares más amada
fue aquella niña hermosa que callada
un día se marchó y hoy es pasado.

A cada instante esperas su llamado,
seduce su recuerdo, reclinada
en tu ventana, dulce como un hada,
la que te dio su amor idolatrado.

Tú fuiste el pobre tonto del engaño,
no puedes olvidarla ¡qué castigo!
Tendrás que ir a buscarla sin tardanza,

rogando vuelva a ti, curando el daño,
brindándole tu alma, cual mendigo
que pide amor eterno y esperanza.

Ya es tiempo

El odio abominable vistas cierra
y corren ríos rojos de traición,
no aprende nunca el hombre la lección,
pues sigue financiando la desferra.

Ya es tiempo del amor y que la guerra
se esfume de los pueblos, no hay razón
tan fuerte que derrame destrucción
en grandes y pequeños de la tierra.

Si Dios volviera al cosmos reverente,
tal vez lo colgarían del madero,
pues la violencia ronda libremente

clavando su puñal de duro acero.
Es hora de que abramos nuestra mente,
cayendo la esperanza en aguacero.

Yo te adoro Jesús

Yo te adoro Jesús aquí postrada,
pidiendo tu perdón fervientemente.
Mirándote en la cruz, allí doliente,
me veo sumergida en triste nada.

Escucha buen amigo, acongojada,
vengo ante ti buscando paz silente.
Estando así mi espíritu presiente
que a tu lado hallaré la fe soñada.

Estás en mí, tu Espíritu me llena.
Guías mis pasos hacia la verdad.
Mi ser irradia luz y vida plena.

Experimento dicha y gran bondad.
Siento infinito amor que no condena,
me abandona por fin la soledad.

¡Lo digo y es verdad!
Jesucristo es Señor y yo lo adoro,
pues mi vida cambió, de barro en oro.

Yo tengo fe

Yo tengo fe, no muere mi esperanza,
creo en el hombre, como en ti Señor.
Voy caminando firme, sin temor,
porque perdonas , siempre, si hay confianza.

Yo tengo fe, proclamo tu bonanza,
Rey de los cielos, nuestro redentor,
diste tu vida, dulce servidor
dándolo todo y nada nos alcanza.

Quiero seguirte siempre, tus virtudes
imitaré, no importa lo que cueste,
soportaré la pena, el abandono

si estás conmigo, Cristo, no lo dudes,
feliz seré y el cielo azul celeste
me esperará, aguárdame en tu trono.

El molino

Tres alturas lo forman, planta baja,
la primera y tercera siguen luego,
muele allí, cuidadoso, el fiel labriego
su semilla y la cuida como alhaja.

El aire en sus ventanas es sonaja,
su cónico tejado, sin sosiego,
se yergue hacia el espacio, solariego,
sus aspas mueve, rápido trabaja.

Un grupo de engranajes de madera
da vueltas, una piedra hay en su eje,
en un hueco la harina se tritura.

En la segunda planta se aglomera
la molienda en los sacos, mientras teje
el viento una mantilla de ventura.

El viaje

Quisiera disfrutar las vacaciones,
hacia un islote, en grato y luengo viaje;
una maleta azul y el equipaje
liviano. Playa, baile, sol, canciones.

Un horizonte rosa, con los dones
de la paz, del amor y algún brebaje,
mientras danzo, pletórica, en un traje
ligero, al repicar de mis tacones.

Ya sé que es un ensueño extravagante,
mas fantaseo hallarme en un lugar
idílico, besada por mi amante.

Pero tal vez un día pueda estar
en un crucero blanco, deslumbrante,
meciéndome en las brisas de alta mar.

En un pesebre

En un pesebre nace el hijo amado
de Dios, Él nos dará la salvación,
al mundo viene pobre y su misión
es rescatar al hombre del pecado.

José y María sienten inundado
su nido de deleite y de ilusión,
renacen la concordia y el perdón,
desde Belén el gozo ha llegado.

Los ángeles nos muestran el camino,
vayamos a adorar con los pastores
al niño que es ejemplo de humildad.

¡Jesús es el Mesías, don divino!
Le llevaremos cual ramo de flores
nuestras almas pobladas de bondad.

SONETOS ALEJANDRINOS

En otoño

Las hojas en otoño se tornan amarillas
y purpúreas cual fuego que enciende la pasión.
Yo mientras estoy sola y pierdo la razón,
pensando en tus caricias que obraban maravillas.

Mis manos acarician tus cartas, de rodillas
me encuentro en aquel cuarto donde mi corazón
tocó el cielo infinito y en esta evocación
navego, mientras vierto mi llanto en las orillas

del tiempo, que no sabe de esperas y reclamos.
Ya nunca en el otoño tus manos serán mías,
ni tu rostro añorado reposará en mi ser.

A la hoja que cayó cuando ayer nos amamos
el viento la llevó muy lejos y baldías
quedaron nuestras almas, sin ya poderse ver.

Soneto alejandrino con versos alejandrinos: 14 sílabas métricas

Primavera en mi vida

Por siempre sentiré primavera en mi vida,
aunque pasen los años y se arrugue mi piel,
porque en el corazón guardaré dulce miel
de los años vividos, en quietud florecida.

   Recordaré momentos de la dicha nacida
entre buenos amigos que hallé en este vergel.
Fragancia de ternuras, llevaré de laurel
y me acompañarán a la última partida.

Flores son las personas si encuentras buena gente
que con perfume riegue lo largo del camino,
podrás sentir que vives eterna primavera.

Aromas de jazmines y excelente simiente
para sembrar tus años de frescor matutino,
tu espíritu saciado de la paz verdadera.

¡Wonder Woman!

Esa mujer, resplandeciente moza,
deslumbra como cantidad de estrellas,
perfecta y briosa, perspicacia goza,
bella entre bellas.

Fugaz, no teme batallar de día
y cada noche es desafío nuevo,
derriba estorbos, se mantiene fría,
¡pilla al malevo!
Guapa y atenta, con vital hechizo,
impacta y lleva brazaletes de oro,
su lazo es mágico, color cobrizo.
Es un tesoro.

Y Wonder Woman vocearé en inglés
para que todos la recuerden. ¡Yes!

Creación

La arena me transmite paz y encanto,
el sol que es un espíritu de fuego
 me abrasa en esta playa, mientras río,
inhalo la fragancia de sus sales.

Un barco, mar adentro, tira redes,
es cuadro celestial el magno día,
estampa del creador, deleite puro.
Alaba la creación, feliz, mi espíritu.

La tarde se aproxima y en la noche
ensalzo el centellear de las estrellas
en cuanto el firmamento las desgrana.

Mil gracias porque puedo ver tus obras,
Señor del infinito, estoy segura
que muestran tu presencia, a la que adoro.

Rebelde corazón

El cielo se disfraza en nimbos grises,
la oscuridad me cubre,
los pájaros se esconden en sus nidos
buscando allí calor.

Y sola pienso en ti, mi compañero
de sueños, tus promesas
no fueron escuchadas, por mi sangre
el frío corre y hiere.

Rebelde corazón que no te olvida
pues terco rememora,
sin esperanza, nunca habrá futuro
para un afecto así...
¡Qué loca esta ternura!
Quebranta mi interior y a así me salva...

Este cariño mío

Aquel amor de ayer hoy se presenta.
Aúlla el corazón como un felino,
despierta la ilusión y el desatino,
el juicio se obnubila y atormenta.

Aquel amor de ayer con dulce trino
a la mente la absorbe y no se ausenta,
es dulce, del recuerdo se alimenta,
susurro que confunde igual que el vino.

Aquel amor de ayer es desatino,
alegría y congoja, muerte lenta,
hay otro ya marcado en mi destino.

Este cariño mío no se ausenta,
es dulce, un sentimiento peregrino,
Aquel amor de ayer hoy se presenta.

Del cielo me ha llegado tu cariño

Del cielo me ha llegado tu cariño,
purísimo, un afecto sin medida,
por eso mi ternura es la de un niño
que quiere de manera más sentida.

Y no terminará mi sentimiento,
es un tesoro bello, de por vida
lo guardaré, será mi complemento.

Del cielo apareció, me hizo un guiño,
siendo de mi existir el dulce aliño.

A veces el amor

A veces el amor va sucumbiendo
de a poco, sin siquiera darnos cuenta,
un día no sentimos su presencia,
ya es tarde y se evapora con el viento.

A veces el amor solloza preso,
se asfixia en un rincón porque las puertas
       del corazón se cierran, yace yerma
el alma, que ha perdido su sendero.

No dejes el sentir en el olvido,
alimenta su ser que es invisible
cada minuto y goza su ternura.

Degusta su delicia como un vino
exquisito, por él respira y vive
amando, sin bajar los brazos nunca.

Amor en la distancia

A veces el amor en la distancia
es más audaz que el tiempo y que la muerte,
se convierte en un lazo que a dos almas
ensambla, dando vida, dulcemente.

Es sentimiento puro, él rescata
tu corazón, antaño gris y enclenque,
con esa nueva influencia que reclama
cariño y te hace grande, para siempre.

Vital, sutil afecto desprendido,
que crece, poco a poco y da alegría,
causando inmenso goce subjetivo.

Entonas por las noches dulce lira
por ella, que está lejos de tu estío.
Héroe valiente eres, das tu vida.

VERSOS ALEJANDRINOS

"Se me va de los dedos la caricia sin causa,
se me va de los dedos... En el viento, al rodar,
la caricia que vaga sin destino ni objeto,
la caricia perdida, ¿quién la recogerá?"

Alfonsina Storni

La caricia perdida

Ha venido de noche la caricia perdida,
nadie más la ha querido, la he dejado pasar,
me contó que los hombres no desean tenerla,
sollozó amargamente su destino fatal.

Aquí está entre mis manos la caricia perdida
regresó de muy lejos y de mí no se irá,
dormirá con mis sueños, silenciosa, tranquila;
la caricia de antaño, perfumada de mar.

En mi oído, sumisa, posará su ternura,
abrazando un suspiro de mis labios de sal,
un rumor transparente surgirá de mi alma,
"yo te quiero caricia" mi interior le dirá.

Si alguien quiere palparla se la doy tiernamente,
solo busca cariño y fecunda amistad.
Corazón sin mentiras guardo para ofrendarle
en mi espíritu noble, espontáneo, jovial.

"No te mueras caricia" diremos al unísono,
"resucita perpetua y dormita en la paz",
"hay dos pares de manos que te tienen cautiva,
prisionera dichosa, viva, pura y leal".

Noche triste

En esta noche triste vienes a mi memoria,
con tu sonrisa diáfana, mirada de cristal,
un puñado de sueños vuelan de aquella historia
y me hacen compañía, recuerdo substancial.

Vuelvo a ser la muchacha temerosa de todo,
te observo sin decirte lo mucho que te quiero,
al oído me hablas, diciendo en un recodo
palabras que acarician, ¡Ay, yo de amor me muero!

Pero solo mensajes dulces que no comprendo,
un te quiero no expresas, tal vez tengas temor,
me miras suavemente, tanto que me sorprendo,
bailamos enlazados, cercanos al amor.

Por qué no dije entonces lo mucho que te amaba,
mi espíritu era joven, borracho de ilusión,
tal vez era el motivo que al alma obnubilaba,
dominaba la mente, callaba el corazón.

En esta noche triste se apagaron las luces,
entonces me despierto de aquella fantasía,
domino mis impulsos, vuelvo a cargar las cruces,
pintando en mi semblante la más falsa alegría…

"Puedo escribir los versos más tristes esta noche"

(Siguiendo a Neruda)

"Puedo escribir los versos más tristes esta noche,"
callar toda la angustia, ponerla en un papel,
decirte que te quiero y no será mentira,
que en tu alma va la mía, atada cual corcel.

Puedo escribir recados, suplicar que regreses,
más respuesta a esas cartas tú nunca me darás.
Me condenaste agreste al silencio, a la duda.
pero ningún rencor te guardaré jamás.

Puedo decirte acaso: "no comprendí tu queja",
pensé que no me amabas, todo en ti era silencio,
¿por qué no eras veraz?, esas medias palabras
confundieron mi mente y ahora lo evidencio.

Puedo enterrar tu nombre, pero siempre resurge,
no hay nada que yo pueda hacer para olvidar.
Tal vez yéndome lejos, de todo lo vivido,
pueda dejar de lado este amor singular.

Puedo escribir los versos más tristes esta noche,
derramando mis lágrimas que brotan a raudales
y ante la virgen santa rezaré por olvido,
para que ella me abrigue de congojas y males.

Poema inspirado en el de José Ángel Buesa
"Carta sin fecha"

"Tu carta

"-¡Qué importa lo que sueña! Déjala así, dormida-"
dijiste a ese amigo común entre los dos.
Jamás serás ensueño fugaz y es esta herida
tan inmensa y profunda, me ha matado el adiós.

No ha llegado tu carta a mis nerviosas manos,
pero él me lo ha contado, en una tarde prieta,
me habló de esa tristeza plagada de desganos,
así pude entender tu desazón secreta.

Me quedo sin tus ojos, cargados de dulzura,
quién sabe si otros brazos serán como los míos.
Te quise dar el cielo y toda mi locura,
hoy solo queda llanto, mis lágrimas son ríos.

Y pasará mi tiempo, mas tú estarás presente,
recordaré tu rostro, tu voz y gentileza,
por siempre aquí en mi alma serás amor ausente,
señor del corazón, prohibido en mi cabeza

El fatrás estoico es una composición birrima creada por el poeta Luis Estoico. Consiste en un dístico (cuyos versos no riman entre sí), seguido de dos oncenas.

El primer verso del dístico se repite en los versos primero y último de la primera oncena; lo mismo sucede con el segundo verso respecto de la siguiente oncena.

En cuanto a los versos, éstos pueden ser de arte menor como mayor

Eres la llave preciosa

Del portal de mi existencia
eres la llave preciosa.

Del portal de mi existencia
eres dueño y una rosa
quiero darte en reverencia,
pura, blanca, esplendorosa.
Hasta quiero verme hermosa
para gozar tu presencia,
ser tu princesa amorosa
ansiaría venturosa.
Borrarías mi dolencia
guardián dulce de la glosa
del portal de mi existencia.

Eres la llave preciosa
del jardín de la indulgencia,
una página valiosa,
el pan de mi subsistencia.
Sin ti es amarga la ausencia
y la dicha veleidosa,
sola voy, ven, ¡ten clemencia!
El alma siente la urgencia
de volverse mariposa
si le brindas tu clemencia,
eres la llave preciosa.

El niño del mar

La mar en cada recodo
canta dulce melodía,
invita al pequeño niño
que desde lejos la mira.

Hay niñito, ve hasta el agua
y moja tus pies en ella,
te espera una caracola
para jugar en la arena.

Suelta tus sueños, pequeño
y conversa con las olas,
la mañana está encendida
por el sol que la enamora.

Ven que el delfín ya se acerca,
llámalo con dulce voz,
seguro será tu amigo,
jugarán juntos los dos.

Hay niñito de mi playa,
eres copo de maíz,
dorada es tu cabellera,
blanca piel, tez de jazmín.

Aprovecha tu inocencia,
corre, ríe de contento,
la arena cabe en tu balde
y en tu vista el mundo entero.

Haz un castillo en la orilla,
llénalo con tu ilusión.
Caballos y un rey bizarro
que luche con mucho amor.

Hay niñito, canta un himno
con tu verbo angelical.
Suelta al viento tus anhelos
niño sagrado del mar.

Espina

Tu pasión es una espina
que se ha clavado en mi pecho,
triste suerte,
la has forjado con inquina
y mi corazón maltrecho
ve la muerte.

No te ha importado mi llanto
ni mi ahogo sin tus besos,
solo gozas
y yo que te amaba tanto
llevo esta angustia en los huesos
que destrozas.

El tiempo es un erudito
que sanará mis heridas
y el dolor,
mientras tanto me limito
a cargar esta tristeza
con valor.

Tendré más conocimiento
desde ahora en adelante
de la gente,
no daré mi sentimiento
a cualquiera que se plante
frente a frente.

El fuego

Percibo la llama ardiente
derramada por tus ojos
en mi ser,
cuando te acercas, mi mente
se confunde y mis sonrojos
puedes ver.

Y si ríes, en tu boca,
hay brasa que llama al beso,
cual imán,
cuánto ardor muestras, voy loca,
de mi barca sos travieso
capitán.

Percibo ardor en tu abrazo
calor intenso, profundo
y ternura,
tu esencia genera un lazo
infinito y en mi mundo
sos ventura.

El fuego de tu pasión
quema mi sangre carmín,
es delicia,
colma mi imaginación,
empieza, no tiene fin
y es caricia.

Cartita a Papá Noel

Te pido poquitas cosas
Papá Noel, hoy yo quiero
un hogar que huela a rosas,
donde no falte el puchero*.

Tener un millón de amigos,
poder vivir siempre en paz.
Compartir con los mendigos
del cariño un buen solaz.

Acuérdate de traerme
optimismo y buena fe.
Que mi alma no se enferme
de tristeza y diga olé.

Y al mundo dale esperanza,
necesita de ternura,
que no pierda la confianza,
pues la vida no es tan dura.

Que percibamos la luz,
hay bondad, hay amistad.
No todo es doliente cruz,
haznos ver la claridad.

Julieta y Romeo

Julieta, una dama hermosa,
conoció un día a su amor.
Chateaba con él a diario,
hiciera frío o calor.

Ella era una señora
que tenía cierta edad,
separada, con dos hijas,
odiaba la soledad.

Veía a su enamorado
que se llamaba Romeo
en la foto, bien bronceado,
la consumía el deseo.

Un día su amor le dijo
para encontrarse en un bar.
Era una ciudad muy grande…
¿Quién la podría llevar?

Tomó un taxi en una esquina,
había viento y tormenta,
y, para colmo de males,
llovía más de la cuenta.

Bajó del auto mojada,
con el paraguas torcido.
Entró al bar algo embarrada
y un aro había perdido.

Su caballero había dicho:
"voy a llevar una rosa",
miró por todas las mesas,
calladita y cautelosa.

¡Sus ojos se abrieron tanto!
¡No lo podía creer!

Un viejito con bastón
no la dejaba de ver.

Le hizo señas con la mano,
ella pasmada avanzó.
¡No tenía ningún diente!
Asustada ella corrió.

Quedó allí su enamorado,
la foto cayó en el suelo.
Tenía como cien años
y parecía su abuelo.

Llega la alegre primavera

Llega alegre la hermosa primavera
con capullos de rosas y colores,
la reciben los pájaros cantores
que surcan afanosos la ribera.

La reciben los pájaros cantores,
hay vistas majestuosas en mi suelo.
Los árboles se visten bajo el cielo
con mágicos y fúlgidos verdores.

Los árboles se visten bajo el cielo
con suave sombra, están llenos de nidos.
Percibo suavemente unos chasquidos
lejanos, son cigarras en revuelos.

Percibo suavemente unos chasquidos,
de algunos animales, ya es de noche,
las estrellas relumbran con derroche
de luz, mientras se aquietan muchos ruidos.

Las estrellas relumbran con derroche
allá arriba, la luna luce plata.
La hermosa primavera no es ingrata,
regala su esplendor cual bello broche.

Cada día

Cada día Señor estás presente,
me miras con ternura, tan deseada,
dándome fe, constante y renovada,
por ella te agradezco enormemente.

Aunque a veces el mundo material
me quiera convencer de que no hay nada,
y que lo bueno yace en la hondonada,
aún vislumbro el bien angelical.

No pretendo gran gozo todo el día,
ya sé que hay mil momentos de tristeza.
Desafiando al pecado, mi ser reza,
va seguro y combate con valía.

Elevo una oración, buscando calma,
renuevo la esperanza que es mentora.
Firme enfrento al dolor y en cada aurora
resurge luminosa y pura el alma.

La flor de tu amor

Prendida está mi alma a tu latido,
no quiero relegarte al cruel olvido.
Prefiero recordarte, tú has querido
ser parte de mi vida sin sentido.

Brotó la rosa muerta en mi jardín.
Brilló de nuevo el sol y de carmín
mi boca se pintó con dulce fin,
tembló en tus labios, junto a aquel jazmín.

Nos fuimos yendo por aquel sendero
tomados de la mano, sin lucero.
La luna nos miraba y un certero
sentimiento nacía, verdadero.

Mas luego te marchaste y en dolor
se transformó de pronto aquel amor.
El día fue la noche, sin calor
se quedaron mis manos, ya no hay flor.

Cuando miras alegre

Cuando miras alegre
me cautivan tus ojos
y su luz me estremece,
mi ser se vuelve loco.
Temblando entre tus brazos
soy día del otoño
que se hace primavera.
Y me lleno de gozo
cuando miras alegre,
mi ser se vuelve loco.

La alegría

Es estrella en mi camino,
una luz que alumbra todo
y con ella encuentro el modo
de confrontar mi destino.
En mi andar de peregrino
Ella siempre fue mi guía,
la alegría.

Porque creo en la esperanza
y practico la amistad,
entiendo que de verdad
debemos tener confianza.
En el mundo sin tardanza
es posible todavía
la alegría.

Sin él

Brisa azul de ese mar
llevadle este suspiro hasta mi amado,
que me sepa esperar,
muy pronto en el hogar
su tristeza de ayer será pasado.
Llegaré y un cantar
cual mágico juglar
le brindaré, con beso apasionado…
¡Con él podré volar!

Madrigal

-Yo no te amo- dices,
sucumbo de amargura, el alma pena,
no puede resistir brutal condena.
Mi espíritu requiere
cariño, te demanda aquí y ahora,
pero mi canto llora
y llorando cual triste miserere,
se envuelve en desazón, pasión que muere
Ya no me amas, dices
y abiertas dejarás mil cicatrices.

El fantasma

Todos andan buscando un escondite
para poder librarse del fantasma,
no se sabe si causa gripe o asma,
pero en la noche espanto él remite.

Una sombra se yergue, temor plasma,
ella engendra la duda entre la gente.
El peligro se encuentra allí latente,
y arremete feroz, a todos pasma.

La alianza de los hombres es urgente,
derroten al espectro tan temido,
que lance temeroso y compungido
lamentos porque un mundo diferente
renace en paz y vive sabiamente.
No le teman pues vive del recelo,
se pasea por calles, ¡tiembla el suelo!
Mas si valientes somos, el temible
tirano que parece un invencible
se desvanecerá cual ladronzuelo.

Hasta tus brazos

El tiempo me guiará hasta tus brazos,
caminaré por ti las rutas frías.
Descalza iré pintando en finos trazos
las sendas que hoy se muestran tan sombrías.
Me olvidaré de todos los rechazos
y regaré en tus ojos fantasías.
La pena del ayer podré olvidar,
encontraré el amor en tu mirar.

Al fin podré en la tarde no estar sola,
recogeré las mieles del contento.
Tu amor me llevará como una ola
a mares donde ya no habrá lamento.
Murmuraré cual bella caracola
secretos que no vuelan con el viento.
Un paraíso inmenso de ternura
te ofreceré sin miedo a la locura.

Regalos de dulzura son mis manos,
con ellas te daré la paz soñada.
Tus días no serán minutos vanos
pues te acompañaré enamorada.
Junto a mí, un universo de veranos
hará tu vida bienaventurada.
Quiero llegar a ti para abrazarte
y demostrarte cuánto voy a amarte.

Degustaré tus besos en la noche,
entre hojas empapadas de rocío.
Seré tu musa eterna con derroche
de cariño, sintiéndote ya mío.
Tendré tu alma prendida como broche
y llenará la luz mi hogar vacío.
El edén en la tierra a ti te espera,
pues mi afecto jamás será quimera.

OVILLEJOS

Ovillejos del cielo

¡Señor!

Eres el padre mejor
¡Señor!
A cada instante en sosiego
te ruego.
Siempre yo te alabaré
con fe.
Mi alma aún no te ve
pero te siento presente.
Por el mundo y por su gente,
¡Señor! Te ruego con fe.

¡El cielo!

Un día será un consuelo
¡El cielo!
Lugar sereno, afectuoso,
reposo.
Allí encontraré solaz
y paz.
Se transformará en fugaz
la tristeza y la condena.
Creo en esa vida plena:
¡El cielo! Reposo y paz.

¡Me espera!

Cuando muera bendecida
la vida
de mi cuerpo material,
sin mal,
Dios amoroso a su vera
me espera.
Y es promesa verdadera,
me lo dice el corazón
que me nubla la razón.
La vida sin mal me espera.

Doña Muerte

Doña muerte ha aparecido
por la esquina muy coqueta,
ha perdido la careta
y un talón se ha retorcido.
Se desgarró su vestido
que trajo en esta ocasión
de tul verde, un camisón
parece en la oscuridad,
es una calamidad
que causa contradicción.

No sé si tenerle miedo
o lástima, qué vergüenza,
sufre una anómala influenza,
su pañuelo es un enredo.
Estornuda cual torpedo
que lo lanzan a la luna,
pónganle alguna vacuna
porque nos contagiará,
y en cama terminará,
ya sin esperanza alguna.

Pobrecita, ya no asusta,
su calavera está helada,
ella estaba muy confiada
de presentarse robusta.
Quiere llevar gente justa
y los malos en su coche,
pero se le hizo la noche
para poderlos buscar.
A la tumba irá a parar
muerta otra vez, qué fantoche.

Reyes magos

Ya llegan los reyes magos
a adorar al niño Dios,
pastores de dos en dos
vienen con tiernos halagos.
Olvidando los rezagos
todos quieren adorar
al pequeño del lugar
que trae perdón y vida
a la tierra que abatida
no halla la paz tutelar.

Jesús nació en este mundo
para todos, pobres, ricos,
al pecado lo hace añicos
con su amor manso y profundo.
Por eso afecto fecundo
derrama hasta en los gentiles,
estos hombres varoniles
entregaron sus presentes,
ofrendas resplandecientes
cual espléndidos candiles.
Mirra, incienso y radiante oro
otorgaron al infante,
su bendición abundante
recibieron sin un lloro.
Cantaron todos a coro
con los ángeles del cielo
aleluyas al mozuelo
que morirá en la cruz,
él será brillante luz
y de los hombres, consuelo.

Hoy es el día

Hoy es el día esperado,
pues ya llega el salvador,
trayendo paz y su amor
nos cubre de lado a lado.
Lavará nuestro pecado,
nos regalará su vida,
alianza preestablecida
que Dios mismo prometió,
por eso a su hijo envió
a la humanidad perdida.

En un humilde portal
vendrá el retoño del cielo,
marca una estrella con celo
el camino angelical.
Un pastor llega jovial
para adorar al infante
y lo encuentra rozagante
junto al calor de María
plena de gran alegría,
que brilla como un diamante.

Hoy es el día más bello,
bendición para la tierra,
que se termine la guerra,
el odio y el atropello.
La amistad sea fiel sello
de la unión entre los seres,
niños, hombres y mujeres
sigan otra vez la estrella,
termine toda querella,
brillen los amaneceres.

El crespón

Tus flores majestuosas nuestro patio embellecen,
adornas con colores las ramas que se mecen.

El vaivén de la brisa que juega con las aves
en cada brote deja, sus caricias muy suaves.

Das sombra refrescante, que invita a descansar.
En tus brazos frondosos, me quiero abandonar.

Así puedo alegrarme en dulce compañía
de la naturaleza que me brinda este día.

Crespón, árbol precioso, obsequio tan florido,
por la mano de Dios eres tú bendecido.

Prodigas un refugio a pájaros cantores,
acunando en tu alma, sus trinos soñadores.

¡Oh árbol de mi tierra que tanto nos regalas!
La pureza es el fruto que, con bondad, exhalas.

Decálogo de amor

1-Sonríe siempre a todos, pues ello nada cuesta.
2-De cada hora que nace haz una hermosa fiesta.

3-Olvida todo mal que envenena tu alma.
4-Ante el dolor vivido, reza con mucha calma.

5-Aprende cosas nuevas que cultiven tu mente.
6-Derrota los fracasos con voluntad creciente.

7-Ama, lucha, comparte los dones recibidos.
8-Siembra fe y esperanza en los entristecidos.

9-Perdona si te ofenden, Dios te acompañará.
10-Da gracias por la vida, tu fe te salvará.

Amoroso dueño

En tu rostro advierto un amor afable,
para el alma tú eres afecto estable.

Transformaste el llanto en gentil sonrisa
y por ti soy cálida, hermosa brisa,
susurrando cantos, perfecta visa
que transporta al cielo y te llevo a prisa.

Caballero andante, mi buen señor,
a mi vida otorgas vital calor.

Amoroso dueño, mi hidalgo amable,
un poema bello mi voz sumisa
te regala siempre con gran dulzor.

JOTABÉ

La Rima Jotabé fue creada por Juan Benito (JB) Rodríguez Manzanares.

Amor prohibido

Soy cautiva de tu esencia,

de tus ojos, de tu aliento,
tu sonrisa es mi tormento.

Y mi mente en esta urgencia
solo juzga "amor prohibido",
es tan triste esta dolencia.

No le encuentro ni un sentido
a la vida, sin tu amor
solo existe en mí el temor,
en mi lar soy ser perdido.

¿Qué hacer? Se ha consumido
mi energía y el dolor
es fatal, será mejor
enterrarte en el olvido.

Pero cómo si la ciencia
de la flecha de Cupido
fue eficaz y sin clemencia.

Solo Dios mi sentimiento
calmará, sin detrimento

de mi pura y fiel conciencia.

El juján es una composición poética creada por el poeta ecuatoriano Álex García Pizarro el 03 de septiembre de 2011.

Recibe el nombre de Jujan por llamarse así el pueblo natal del poeta, cerca de Guayaquil.
Escrito en versos octosílabos, acentuados en 3ª y 7ª sílabas, el poema se inicia con un verso único.
A continuación y con el agregado de un verso cada vez, se construyen estrofas progresivas hasta llegar a los cuatro versos.
A partir de esta última se desciende en imagen especular:
1-2-3-4-4-3-2-1

Escuelita de mi infancia

Escuelita, era tu número
cuarenta y nueve y tu nombre
Tierra del Fuego, del sur
te trasladaron entonces,
en mil novecientos diez,
trece de julio, qué goce
tener un lugar sagrado
donde aprender a ser hombres.
Allá entre cañaverales,
con tus paredes de adobe,
albergabas a los niños,
apuntalando ilusiones.
Descalzos, en las mañanas,
llegaban ellos con flores
para cada señorita
que esperaba en los salones,
y ávidos por las letras
aprendían, sin temores,
sencillos y respetuosos
escuchaban las lecciones.
Yo también llegué a tus puertas,
fui feliz, cientos de soles
alumbraron mi camino
y aprendí sin resquemores
actitudes que en la vida
fueron guiando mis acciones.
Entre juegos y alegrías
pasé mis años mejores,
como maestra, mi madre,
y mis amigos tan nobles.
Recuerdo siempre los actos,
los bailes y las canciones,
los docentes generosos
que dispensaban sus dones,
trabajando en la cocina,

ofreciendo sus favores,
dando alimento a los chicos
y afecto sin condiciones.
Cien años de siembra viva,
cumpliste, que el Señor colme
de bendiciones futuras
todas la obras que afrontes.
Y que en su gloria infinita
guarde tantos bienhechores
que pasaron por tus aulas
y hoy no están, sus corazones
espirituales descansan
para siempre, sin dolores.
Escuelita de mi infancia,
ejemplo vivo del norte,
quiera Dios que sean miles,
muchos más los que te añoren.

Si me voy antes que tú

Si me voy antes que tú,
yo quiero que en un momento
lean esto que escribí,
simple, limpio, nada nuevo,
un poema nada más,
que tiene unos cuantos versos
sencillos, llenos de sol
y es todo cuanto poseo.
Que los amigos de aquí,
de cerca, también de lejos,
deseo puedan saber
que los llevo muy adentro.
Si me voy antes que tú,
amigo recuerda esto,
nunca te voy a olvidar,
por más que me vaya lejos,
a otro plano espiritual,
desde allí seré lucero,
alumbrando tu existir,
una estrellita en el cielo.
Si Dios decide llamarme,
no me llores, en el duelo
quiero música especial,
alegre y ningún lamento.
Si me voy antes que tú,
si Dios me lleva en su templo,
sonríe porque tendrás
una luz sobre tu techo.

Cuando un amigo se va

Cuando un amigo se va
otro llega a tu morada,
si dejas abiertas siempre
las ventanas del mañana.
Y vuelven esas sonrisas
que tanto te hacían falta,
la complicidad alegre,
las tardecitas de charla.
Cuando un amigo se va
se entristece la alborada,
pero viene otra persona
y tu corazón restaura.
El sol vuelve a tener brillo,
la luna parece plata,
las estrellitas titilan
de nuevo y lo triste pasa.
Cuando un amigo se va
la congoja te acompaña,
lloras clamando consuelo
al Dios que todo lo salva.
Mas alguien fiel Él te envía
y llega dándote calma,
otra vez la fe te invade,
crees en duendes y hadas.
Cuando un amigo se va
la vida se torna amarga,
cómo duelen las heridas,
todo se transforma en nada.
Pero cual luz encendida
otro amigo ves y es franca
su mano que está tendida
como blasón para el alma.

Agua clara

El agua clara espera algún milagro
que llegue hasta su alma transparente.
Un niño que la cuide, una esperanza
que brote como semilla silente.
Nos pide a gritos auxilio y entrega,
su fecunda caricia en la vertiente
que riega el campo y calma sed de pobres,
que es casa de vegetales y peces.
Responde hombre a este llamamiento
del agua, que en el abismo se muere.
No existe otra manera de salvarla,
solo tomar conciencia de su suerte.
Despierta corazón, hay que frenarlo
al despilfarro, de una forma urgente.
No hay tiempo de pensarlo, falta poco,
se secan napas, ¿es que no lo sientes
desde tu espíritu que está dormido
y piensa que es mentira?, ya no esperes.
Escucha... la naturaleza llama,
si eres fragmento de la tierra inerte
que clama desde el fondo de los mares,
sufriendo como madre que no duerme.
Escucha... ya no escondas la cabeza
y lucha por el agua que decrece.

HAY UN DÍA FELIZ

"A recorrer me dediqué esta tarde
las solitarias calles de mi aldea
acompañado por el buen crepúsculo
que es el único amigo que me queda."

NICANOR PARRA

Romance del recuerdo

Hubo "un día feliz" en mi memoria,
lejana estampa: piano, oscuras teclas,
y en las manos sumisas de mi madre
compases refinados eran fiesta.
El sol calcaba cuadros de los niños
jugando alegremente a la rayuela,
mis ojos caminaban esas calles
tras amplios ventanales, sin fronteras.
Retorno, cada día y cada noche
a añejas horas plácidas de cuerdas,
que tallaron a fuego mi optimismo
constante, promotor de mis empresas.
Me enternezco pensando en ese tiempo
de juventud, pintada de pureza,
donde moraban duendes y hadas mágicas,
portadoras de átomos de estrellas.
Soy gaviota planeando mientras sueño
en los instantes de mi infancia bella,
la mente me transporta a esos momentos
de tardes almizcladas por la hierba.
Hubo "un día feliz" en mi memoria,
un día salpicado de hojas nuevas,
el vergel de mi madre con sus rosas
adornando mañanas veraniegas.
Y aquellos pastelitos deliciosos
con las nueces más ricas de la abuela,
si parece que siento aquel aroma
mientras cebo mi mate en la vereda.
¡Romance del recuerdo es esta historia,
tesoro que perdura en mi conciencia!

Triste payaso

Llora el triste payaso aquella pena
que atesora su dulce alma perdida,
un cariño partió, dejando angustias,
lo más bello en su esencia ya no brilla.
En las noches le entrega a la fiel luna
sus secretos de antaño y melodías
el dibuja callado en su guitarra,
esas que le cantaba cada día.
Ya no ríe, no entona esas sonatas
que coreaba a su lado, sin fatiga,
se han marchado muy lejos las razones
para darle cabida a las sonrisas.
Pero frente a la gente en la función
miente con mucha gala, su caricia,
a los niños concede con cariño,
mientras siente su ser que se hace trizas.
Los aplausos a veces lo estimulan,
pero pronto esa dicha se termina,
cuando las luces tímidas se apagan
el lamento penetra en las heridas.
Cómo duele su ausencia, está tan solo,
contemplando el destino en esa silla
donde ella le dijo que lo amaba,
donde besó sus labios y su risa.
Feliz era el payaso con su sino,
mas la muerte cortó su flor bonita,
hoy divaga aturdido por las sombras,
su existencia se extingue, si respira.

Escríbeme una carta

Escríbeme una carta
donde digas "te quiero",
una carta pequeña
en la hoja de un cuaderno.
No me importa la tinta,
si es pluma, lapicero,
lo importante es que sea
un mensaje sincero.

Escríbeme una carta
donde digas "te quiero",
hazme pronto feliz
que de amor voy muriendo.
Mis ojos necesitan
de vez en cuando verlo
o escucharlo en mi oído,
no solamente en sueños.

Escríbeme una carta
donde digas "te quiero",
perdona si lo aclaro
tantas veces, lo siento,
pero quiero esculpirlo
en tu espíritu bello,
para pronto sentirlo,
saborearlo y leerlo.

Escríbeme una carta
donde digas "te quiero".

ROMANCE RONDEL

(Forma poética creada por Fabiana Piceda)

El romance rondel es una composición creada por mí, en tres estrofas que comienzan con un dístico
que se repite al inicio de cada una.
El poema concluye con ese mismo dístico.
Sus versos pueden ser de arte menor o mayor y la cantidad de estrofas queda al arbitrio del poeta pero
sugiriéndose que sea a partir de tres en adelante.

El amor es como un vino

El amor es como un vino
que nos quita la razón
y se aferra al corazón
como un broche de oro fino.

Su lanza va en torbellino,
infalible es su aguijón.
El amor es como un vino
que nos quita la razón.

Un bálsamo cristalino
que perfuma la ilusión
y da aliento en el camino.
Porque nubla la atención
el amor es como un vino.

XLIV

Como en un libro abierto
leo de tus pupilas en el fondo.
¿A qué fingir el labio
risas que se desmienten con los ojos?

¡Llora! No te avergüences
de confesar que me quisiste un poco.
¡Llora! Nadie nos mira.
Ya ves; yo soy un hombre... y también lloro.

Gustavo Adolfo Bécquer

(Siguiendo a Bécquer)

Así como tú ves
desbordarse mis lágrimas en río,
yo también puedo ver
que encubriste ese amor real y vivo.

Ríe, pues te he amado,
y aquello era tan bello que en mi mente
conservaré tu diáfana presencia.
Lo sabes… que te quise puramente.

Fabiana Piceda

Caza en el mar

La locura lo asalta al buen marino,
en la piel lleva el ansia de la pesca.
Pierde el sueño de noche y hasta el tino
se le nubla y decae en una gresca.

La ballena es la causa de su ira,
se le escapa en tifones por el piélago.
De su hombría se burla y él suspira
contemplando febril el archipiélago.

Pero su alma bravía no reposa,
es su caza certera, terco lucha,
cazará al animal en esa acuosa
maratón, tiene habilidad y mucha.

Aunque valoro al hombre de los mares
en su duro trabajo y en su suerte,
pienso si en el futuro habrá lugares
llenos de vida o todo irá a la muerte.

En el umbral de todo sentimiento

En el umbral de todo sentimiento
a veces se percibe el abandono.
Yo te amé y te perdí, no me arrepiento
de haberte amado así y te perdono.

Fuiste el inspirador de mi alegría,
la magia de tu amor era mi suerte.
Pero un día partiste, cobardía
que hirió mi corazón casi de muerte.

Fue lento el padecer y en un desmayo
solté toda la angustia que guardaba.
Lloré de pena todo el mes de mayo
mientras mi alma muy lento te olvidaba.

En el umbral adiós te dije ayer
y se fueron contigo las promesas
de cariño infinito y sin querer
robaste de mis labios las sorpresas.

Perdida caminé miles de horas
buscando de la vida algún motivo.
Hasta que vi la luz y vencedoras,
mis penas, encontraron el olvido.

Dulce regalo

Dios me dio tu ternura para afrontar la vida
eres dulce regalo, manojo de bondades.
El alma te atesora, eres savia y aliento,
mentor que me convida
la miel de sus verdades.

Mi voz por ti ya canta un himno de contento,
las horas son más bellas, te siento muy cercano
y vivo cada día pensando en tu dulzura,
tan tierno, no hay lamento,
eres mi soberano.

Doy gracias a los cielos por esta gran locura,
me vuelvo mariposa
que su vuelo apresura.

Llego pronto a tus brazos, me ofreces una rosa,
sin freno ni atadura
vuelvo a creerme hermosa.
Soy Sibila graciosa
porque estás a mi lado, eres tú mi alegría.
Borraste mi agonía.

SORSONETE

Es una composición poética creada por la poeta venezolana Milagros Hernández Chiliberti en 2008.
Estructuralmente, está formado por cuatro estrofas de rima consonante.

Dulces besos

Mi amor, a ti te entrego dulces besos
y la afable ternura de mis manos,
contigo borro las ingratas sombras.
Eres el gran tesoro de mi vida,
diluyes la tristeza de mi noche,
enjugando las penas y mi lloro.

Se alejó de mis horas cualquier lloro
porque tengo la dicha de tus besos,
ya no siento las penas en la noche,
disipas las tinieblas con tus manos,
eres el dulce aliento en esta vida
y gracias a tu auxilio ya no hay sombras.

El cielo me ha librado de las sombras
enviándote y así borré mi lloro,
fuiste la bendición que dio a mi vida
un manantial de afecto y suaves besos.
La dicha tú me ofreces y en las manos
del bien marchamos, lejos fue la noche.

Acércate y hagamos de la noche
una fiesta magnífica, en las sombras
yo te amaré de nuevo y estas manos
te mimarán, calmando cualquier lloro.
Regalo de mi boca serán besos
y seguiré brindándote mi vida.

¡Ay, qué placer le diste a esta vida
Velada! Luz te has vuelto en cada noche
el faro que me alumbra con sus besos.

Has espantado todas esas sombras
oscuras, apartándome del lloro
por el bendito encanto de tus manos.

Que nunca me abandonen esas manos,
las mentoras veraces de mi vida,
auxilio ellas dan, calmando el lloro.
Son cálido refugio y de mi noche
las aves mensajeras que en las sombras
me dan la paz, guardianas de mis besos.

Juntamos nuestras manos y los besos
se transforman en sombras de la noche.
¡Qué bella vida, ya no existe el lloro.

SEXTINA
La sextina es una composición poética integrada por 39 versos de arte mayor (preferentemente
endecasílabos) estructurados en seis estrofas de seis versos y una "contesa" final a modo de estrambote,
de tres versos.

Los sueños, sueños son...

Los sueños, sueños son,
pero soñando vivo y mi alegría
crece constantemente,
así como en el río su torrente.
Dirán -qué bobería-
y a mi poco me afecta
pues mi existencia recta
a nadie le concierne en este mundo.
Soy árbol y montaña en la quebrada,
un pájaro en las nubes,
surcando raudamente la alborada.
Imán que atrae al viento,
como a las mariposas que en las flores
hallan dulce alimento,
y ofrezco muy sincera mis amores.
Me rescatan los sueños
de la vida monótona y callada,
se van haciendo dueños
de mi ser que transita en soledad,
van creciendo y son amos
cada noche, prendidos a mi almohada,
se tornan condimento
en la existencia que busca contento.
Esta forma de vida
es manantial que riega, hora a hora,
con gotas de dulzura
mis días que comienzan con la aurora.
No creas que es locura,
avanzo entre molinos de ese viento
con paso presuroso,
batallo contra el muro
del odio, del dolor y veo hermoso
el mundo donde existo, no es oscuro,
depende del cristal con el que veas...
No temo las mareas

y aunque a veces presienta tenebroso
el fin de mi camino,
a Dios ruego y me siento acompañada,
es la luz de mi sino.

¿Existe Dios?

¿Será que existe Dios? ¿Alguien lo duda?
El cosmos ¿acertijo es de algún sabio?
La mente ante los cielos queda muda.

Se calla la razón y cada labio
enuncia admiración al infinito
y alguno manifiesta algún resabio.
Ven, mira el universo, hoy te invito
a descubrir las obras del Señor,
su nombre en cada sitio se halla escrito.

¿No ves su magno sello en el albor?
Él te creó, confía en su presencia,
Ve firme por la vida sin temor.

Toda la tierra grita su existencia,
el universo canta un himno eterno
en alabanza justa por su ciencia.
Magnífico es su AMOR, perenne y tierno.

Ande... ande... ande

El niñito Dios ya viene,
a este mundo, ¡qué ilusión!
Tengamos libres y abiertas
las puertas del corazón.

Recibámoslo con gozo,
renovando nuestro amor,
nos llenará de fe inmensa,
borrando nuestro dolor.

Ande... ande... ande.
Ya llega la Nochebuena
y también la Navidad,
festejemos todos juntos
con cariño y mucha paz.

Es época de alegría,
de perdón y de bondad.
Levantemos nuestras copas,
brindando por la amistad.

Ande... ande... ande.

Que siga la Navidad,
todos los días, por siempre,
llenemos el corazón
de ternura y parabienes.

Llevemos la Navidad
al amigo y al hermano,
al vecino que no quieres
y al que está necesitado.

Ande... ande... ande.

Que siga la Navidad,
haz las paces, sé feliz,
no vivas guardando el odio
que enferma y hecha raíz.

Que el niño Jesús se quede
por siempre en el corazón,
que hagamos las paz con todos
y abunde su bendición.

Ande... ande... ande.

Niño Dios

Niño Dios de todo el mundo,
Niño pequeño y sagrado,
que los hombres de la tierra
aprendan a ser hermanos.

María que está a tu lado
te mira con devoción,
a ella también le pedimos
que interceda ante el buen Dios.

Escucha nuestras plegarias,
te ofrecemos nuestro don,
manos llenas de cariño
y alegres versos de amor.

Niñito, niñito mío
cubre la tierra de paz.
Que retorne para todos
el amor y la bondad.

Ya llega la Navidad

Ya llega la Navidad,
tiempo de alianza y contento.
El Niño Dios nos espera,
tratemos de ser muy buenos.

Vamos a llevarle manos
llenas de perdón y paz.
Que no haya en mundo guerras
pues llega la Navidad.

Niñito puro y sagrado
dulcifica el corazón
de la gente que no sabe
compartir pan y calor.

Cantemos junto al pesebre
unidos y a viva voz.
¡Noche bella y anunciada!
¡Noche buena, qué ilusión!

Nos trae el Niño la vida
y morirá en una cruz.
Para el rico y para el pobre
regresa hoy mi buen Jesús.

A la gente que quiero

A la gente que quiero y que me aprecia,
esa gente dispuesta a ser amiga,
aquella que me da su mano abierta,
la que cura afectuosa mis heridas.

A esa gente sencilla, sin doblez,
quiero hoy escribirle mi poema,
darle gracias, decirle que a mi ser
su amistad reconforta en cada pena.

En mi cielo son manto que cobija,
estrellas que titilan a lo lejos,
mas por ellos me siento hermana, amiga,
son hoguera que auxilia en el invierno.

A mi gente le ofrezco estas letras,
son luz en esas horas solitarias,
la brújula que guía horas negras
y barco que se acerca hasta mi playa.

A la gente que siempre está, no olvido
sus palabras colmadas de ternura,
que dice "No te vayas", la bendigo
y le brindo estos versos, por su ayuda.

A Mario Benedetti

Hoy las hojas tristes vuelan con el viento
y el otoño se ha vuelto aún más gris,
se ha opacado el día y un lamento
surca el infinito hacia la luz.
Don Mario se ha marchado y en su viaje
ha llevado sus versos al más allá,
de noche se vistió el día y las flores
lloraron con el rocío matinal.
-¿Dónde has ido poeta que te extrañamos?
-A recitar mis poemas entre los ángeles.
-¿Quién te ha llamado a partir de este mundo?
-Dios, que necesita hablar por mis manos.

Hoy resuenan las campanas sus notas mustias
mas la alegría en el cielo es infinita,
se esparcen las letras cálidas del trovador
y viajan entre los espíritus benditos.
Caerán sus letras como lluvia
entre las presentes y futuras generaciones,
nunca morirá su temple épico,
vivirá en cada corazón que lo ha leído
y en cada niño que aprenda sus poemas.
Volverá cada mañana a este mundo
a través del libro que es perenne…
Descansa amigo poeta, en los brazos del altísimo.

A Mercedes Sosa

Tu voz hoy ha callado
pero estás entonando con los ángeles
las más dulces canciones.
Querida "Negra" latinoamericana,
de todos y para todos,
no olvidaremos tu cántico inmortal,
perdurarás en nuestra memoria,
con el susurro de tu palabra,
alentándonos con optimismo.

Se me nublan los ojos
y el corazón entristecido te recuerda,
pero evoco las letras que has entonado
y la alegría retorna a mí.
"Sube, sube, sube" dice una canción,
así te fuiste, cerca de Dios.
Pídele a Él por nuestra patria.
Ya estás en el paraíso…

Descansa y disfruta de tu recompensa:
Morar en el más allá,
rodeada del eterno AMOR.

La sonrisa

Vale tanto, incalculable
es su precio,
cuando la experimentamos
sentimos mil chispitas en el cuerpo.
La sonrisa cruza el aire,
besa una hoja del árbol
que el otoño ha desnudado,
se tropieza con los niños,
hasta llegar a otro rostro,
donde se materializa.
Va cantando entre la gente,
se sumerge en cada poro
de los hombres que la miran,
su efecto se siente así
tan suave como un licor
que en invierno nos devuelve
el color y el calor.

Mi droga eres tú

Dúctil terciopelo,
piel soñada.
Reposas al abrigo del crepúsculo,
reclinado en la hierba,
sin preguntas… sabes todas las respuestas.
Me observas,
ojos aguamiel de chispas verdes
recorriendo mi geografía.
Soy gaviota deteniéndome en tu cielo,
extraño, omnipresente
y planeo hasta tus brazos
sintiéndome etérea,
una libélula estremeciéndose
en el ocaso.
Mi droga eres tú,
una adicción sin límites
que enajena mis sentidos.
Ven e inyéctame tu beso,
agita mis deseos
y esfuérzate por ser siempre
mi única poción,
esa que arrebata mi ser
con su dulce locura.
Sorpréndeme,
continúa enamorándome,
cúbreme los ojos con tus manos
y regálame una rosa escarlata
de nuestro jardín
o una campanilla silvestre,
esa que emerge de pronto,
milagrosamente,
 anunciando que va a llover…

Gime el sauce

Gime el sauce su pena,
pura pena de plata,
gime llanto verde
sobre la ensenada.
Rozan las aguas
sus ramas finas,
solloza angustias
mudas, pasadas.
Ni los pájaros pueden
acallar su tristeza,
ni con trinos, no hay forma
de borrar su condena.
Gime el sauce en la costa,
gime lágrimas blancas
así como la brisa
gime sobre las ramas.
Y sus lágrimas caen,
hojas largas,
acarician la orilla
y un espejo de nácar
las refleja gloriosas
en la playa.
Gime el sauce su pena,
pura pena de plata
y la noche ya llega,
noche fría y sin almas.
No hay amigos, las aves
se han dormido,
el silencio tan solo
lo acompaña.

La amistad…

La amistad…
Es un barco que siempre te lleva a buen puerto
y no teme al huracán ni al naufragio.
Permanece a tu lado, ya sea en la playa,
mar adentro o en el río bravo y caudaloso
que amenaza tu existencia.

La amistad…
Es un vínculo indestructible si es verdadera,
al que no le importa la distancia ni las barreras,
no existe para ella ni tiempo, ni espacio;
nace donde menos lo esperas
y es capaz de darte gratas sorpresas.

La amistad…
Endulza como miel y siempre nos ampara
si alguna amargura se hace dueña de nuestro corazón
y nos enseña a compartir nuestro dolor
por más terrible que sea, volviéndonos sensibles.

La amistad…
Enciende en nuestras almas un cariño infinito,
es a veces trémulo resplandor y otras estrella avasallante,
la que nos entibia el alma con su brasa incandescente y purísima,
libre de todo interés.

La amistad…
Es como una fina reliquia, a la que debemos proteger,
porque ella tiene un valor incalculable,
pues no es fácil de hallarla en este mundo,
donde los profundos sentimientos se van perdiendo…

La amistad…
Es eso y mucho más.

La sombra del farol

La sombra del farol fue fiel testigo
de nuestros pasos
caminando hacia la felicidad.

Cómplice de secretos y promesas,
de besos apasionados,
en esa noche mágica de sueños
hechos realidad.

Nuestro amor como esa luz
tembló diáfana, etérea...
pero duró lo que tarda en apagarse
la luz de aquella estrella.

Ya no tendré tus manos en las mías
en esa esquina que nos vio pasar.
El tímido farol, cada noche

seguirá alumbrando oscuridades,
mas nuestros corazones
ya nunca más serán tocados
por su hechizo.

Lágrimas de sangre

Lágrimas de sangre lloras por mi causa,
tus ojos me miran con mucha sorpresa.
No puedes creer lo que estoy diciendo,
no puedes creer que ya no te quiera.

Tu mirada clara ahora se nubla,
te embarga la duda, no emites palabra.
Voló tu sonrisa, se rompió en pedazos
y sufres, callado, mil penas amargas.

"Es que ya no te amo" susurro muy bajo,
tu tez palidece y el corazón tiembla.
Tal vez fue tu ausencia quien mató mi amor.
Quizá la rutina que al alma encarcela.

Me quedé sin el sol y sin compañía,
se escapan mis sueños, mi ser ya no es libre.
Tus besos se fueron llenando de olvido,
contigo se han ido los días felices.

Me pides que piense, ruegas mi cariño,
tus manos nerviosas son hielo en las mías.
No hay tiempo que vuelva, se perdió la magia,
hoy no eres motivo, de mis alegrías.

Memorias del payaso

El circo estaba vacío…
en un asiento, donde hacía unos minutos
 un niño se reía de las divertidas piruetas
de los artistas, un payaso estaba quieto
rememorando el tiempo que se había ido.
Él fue también un niño contento y adorado.
Memorias del pasado
que volvían a la casa solitaria de su pecho,
con un agridulce sabor a nostalgia.
Sus padres… los recordaba con la sonrisa fácil,
aquel abrazo diario y la palabra justa
que siempre acompañaba sus caminos,
de ellos aprendió la alegría,
que nunca los abandonaba,
aún cuando el dolor desgastaba sus almas.
-No te des por vencido -decía uno-
-Siempre regala todo el amor
de tu corazón -decía el otro-.
A través de los años fue bebiendo
de ese río infinito de ternura y afecto.
Así aprendió a ser payaso,
quería dispensar de algún modo
todo el cariño y el gozo
que había experimentado cuando niño,
sobre todo dárselo a los pequeños
que les faltaba ese amor.
Una luz se encendió allá arriba
anunciándole que empezaba otra función,
entonces el noble payaso,
escondiendo otra vez los sentimientos
de esa época lejana,
se colocó el disfraz del júbilo
y comenzó su tarea de divertir a la gente.

Muere lentamente
(Siguiendo a Neruda)

Muere lentamente el que no ama,
aún a riesgo de no ser amado.
Aquél que cierra su corazón
a las pequeñas grandes cosas
de la vida.

Muere lentamente el ser
que ya no ríe ingenuamente,
quien no es capaz de asombrarse
por los misterios de la naturaleza.

Muere lentamente
el que no cree y no espera,
quien no perdona y se quebranta
con la furia que guarda
en su interior.

Muere lentamente el adicto
a la infinita tristeza,
ese que no es capaz
de secar sus lágrimas
y seguir lidiando por su vida.

Muere lentamente quien no sabe
volverse un niño
y el que ha olvidado
sus más codiciados sueños.

Muere lentamente
quien olvida a sus amigos,
el que solo acumula
riquezas materiales
y se olvida de lo esencial.

Muere lentamente
quien no abraza,

el que no dice lo que siente,
cerrando su alma
a un vacío insoportable…

Por eso

¡No escondas lo que sientes!

¡Ama, existe, vibra, sueña!

¡Atesora valores espirituales!
Para no morir lentamente
en la desventura…

Mujer

Mujer, trabajadora,
a veces no valorada ni protegida,
tus manos cansadas y débiles
piden auxilio…
Desde la oscuridad de un cuarto
tus ojos miran con angustia,
todavía hay duros corazones
que matan tus sueños,
condenándote a vivir
en el vacío de la soledad.
¡Renueva tu fe!
Rompe esas cadenas oxidadas
por la tristeza y el desamparo,
derrite las barreras del tiempo
con el calor de tu espíritu,
que aún tiene ilusiones.
Ve a rescatar las promesas
de ese nuevo mañana que te espera…
Siempre es posible resucitar la alegría,
apostando por un futuro distinto,
ese que siempre has merecido
y está a la vuelta de tu esquina…

Plagiaré tu nombre

Cuando duermas
Irrumpiré en tu subconsciente
con una sobredosis de ternura.
Me quedaré allí dormida
para siempre,
recitándote poemas
y acariciando tu interior.
Plagiaré tu nombre
y lo llevaré adherido a mis entrañas.
No podrás olvidarme,
seré como una droga en tu mente.
Adicto te volverás,
sin remedio,
no habrá posible cura
ni antídoto para ti.
Plagiaré tu nombre,
será el viajero incansable de mis noches,
permanecerá en mi corazón
eternamente.
Y el embrujo será tal
que no podrás resistir
al llamado
de este amor.

Por la paz

Por la paz rezaré con toda el alma,
no bajaré los brazos
en la batalla por encontrar ilusiones nuevas.
Sé que la esperanza muere
y el sol se oculta con temor,
pero con solo ver sonreír a un niño
Dios me dice que hay otra oportunidad.

Por la paz gritaré, si es preciso,
derribaré las puertas del odio
y plantaré la bandera de la paz
en el corazón de los poderosos.
Caminaré con mis versos a cuestas
y los regaré por todo el mundo,
para tratar de convencer conciencias.

Por la paz moveré los muros del silencio,
derretiré el hielo de las mentes frías,
cosecharé todas las risas que aún quedan
dormidas en las ciudades,
para repartirlas entre aquellos
que han perdido la ilusión
y las ganas de vivir.

Por la paz seguiré luchando
sin armas de guerra,
tan solo con la palabra
porque es lo único
que poseo…

Sola en la orilla

El crepúsculo la contemplaba
mudo de asombro,
las nubes parecían más grises,
como vestidas de luto, vislumbrando
la llegada de una tragedia…
Una lágrima luchaba por brotar de sus ojos
y tímida brillaba en su rostro moreno,
bajo los pálidos rayos del sol
que ya se dormía en el horizonte.
Estaba sola en la orilla.
Él le dijo que se marcharía de su lado.
Ya no la miraba con esa sonrisa perfecta,
ni le cantaba serenatas a la luz de la luna.
Se habían ido esos instantes
donde el paraíso se hacía terrenal
y se embarcaban en un océano de amor
que parecía eterno.
Las rocas serían ahora su compañía
y el océano la llevaría a moradas celestiales
donde el dolor ya no traspase
su delicado corazón.
Así pensaba y sentía su alma,
prisionera de ese profundo amor
que le llenaba la mente y el cuerpo.
Pero cuando ya se disponía a arrojarse al vacío
una voz entre las sombras la detuvo.
Miró hacia atrás y no vio nada,
pero en su entendimiento algo cambió.
"Regresa"… era como un eco
que le devolvía la fe y las ganas de vivir.
-Será un ángel -pensaba la muchacha,
mientras una sonrisa etérea,
invisible al ojo humano,
surcaba el espacio infinito.

Para mi madre

Para mi madre son mis memorias
más emotivas, llenas de afecto.
Entre sus brazos sentí el abrigo
y allí nacieron todos mis sueños.

Son sus consejos tesoro hermoso
que voy guardando dentro de mi alma.
Cuando estoy triste ella me alegra
y si estoy sola fiel me acompaña.

Ella es la amiga que siempre tuve
guiando mi vida y dándome amor,
fue padre y madre, un ser valioso,
mujer sencilla que tanto dio.

Para mi madre todo el cariño,
mi ser se envuelve de su calor.
Al recordarla cada mañana
se hace más fuerte mi corazón.

Que Dios bendiga sus pasos siempre,
me la conserve aún muchos años,
y vea sus nietos, hombres felices,
llenando su alma con mil halago.

Sigue a tu corazón

Aún cuando todo te parezca oscuro
porque ha muerto en tu alma la ilusión,
en los momentos tristes, sin mañana,
sigue a tu corazón.

En las mañanas solitarias,
En esos días mustios y fríos.
Cuando el invierno llegue a tu vida
y los años te marchiten el rostro.

Siempre es tiempo de renovar
la esperanza y la utopía,
aún existen seres bondadosos,
dispuestos a darte un poco de amor.

Verás que en el mundo todavía es posible
la paz, la verdad, el amor fraterno.
Un paraíso terrestre te espera,
mira todo con ojos de niño
y camina confiado,
guiado por tu corazón.

Te conocí en diciembre

En esa tarde cálida,
tu mirada acarició mi rostro
y se posó de pronto en mis cabellos,
me recorrió con gracia,
sonreían tus labios
y una luz diminuta
brotaba del silencio.
La risa se hizo canto,
los árboles más árboles,
deseosos de que los acariciara
el viento.

Te conocí en diciembre,
un designio de Dios
 marcado en el destino,
tu camino se hizo camino mío.
Volaron las tristezas
y nuestras soledades
se vistieron de fiesta.
Y nos llegó la noche,
con ellas los luceros,
la madrugada nos tocó
serenata de estrellas.

Papá

Tu nombre resuena
y es viento que sopla tempestuoso,
inmenso corazón que duro a veces
se desarma bajo el cielo de unos ojos
de niño que te admira.
Sé tierno como el pan
que alimenta en su humildad serena,
sé dulce cual la miel
que se derrama entera
para saciar el hambre
en la mesa de los pequeños.

PAPÁ...
No escondas tu alegría.
Responde con cariño a las preguntas,
paciente y cariñoso.
Serás recuerdo grato en la memoria
y ejemplo verdadero
 de tus hijos.
Si repartes la justicia del amor
mil semillas de bondad
germinarán
dando origen a la savia de la vida.

Cuentos

Perdido en el mar...

Se hallaba perdido en medio del inmenso mar, solo, lastimado, no sabía bien por qué. Sentía su cuerpo pesado, helado por el agua salada y fría, que le congelaba hasta los huesos. Sus compañeros lo habían dejado atrás, librándolo a su suerte.

Muy arriba, nubes inmensas empezaban a cubrir el cielo, tendiendo un manto gris sobre su cuerpo.

Sus fuerzas lo estaban abandonando y un escalofrío lo recorría por momentos, estremeciéndolo y dejándolo tembloroso y desvalido.

De pronto, a lo lejos, apareció un barco que se acercaba velozmente. A medida que pasaba cubría el agua con una estela oscura y siniestra.

Percibió un olor extraño y penetrante. A su alrededor una mancha negra lo iba cubriendo y un miedo aterrador empezaba a cercarlo.

Trató de moverse, pero el líquido aquél, espeso y aceitoso, le dificultaba el movimiento.

La rápida embarcación se había perdido en el horizonte. El tiempo parecía haberse detenido. Mientras se encontraba en esa molesta y angustiante situación, comenzó a caer una fina y suave llovizna.

Todas las demás criaturas vivientes habían desaparecido salvo él, atrapado y manchado por esa sustancia pegajosa.

Pero de pronto, un ruido lo aturdió. Manos fuertes y ágiles al mismo tiempo, enfundadas en unos abrigados guantes, lo levantaron en el aire. Se halló envuelto en algo tibio y protector. Entonces escuchó una voz, como en un sueño, que le decía:

-No temas, ¡ya estás a salvo, pingüinito!

Otra voz dijo:

-Creo que este es el último.

La embarcación lo llevó lejos de aquel infierno, junto con otros animales de su especie, que también fueron salvados. Algunos no pudieron resistir y quedaron en el camino, perdiendo la vida.

Allí quedaba el petróleo, derramado por accidente, pero que había causado una tremenda catástrofe ecológica. Cientos de peces habían muerto y sus cuerpos flotaban en el agua salada.

Gracias a Dios, hay personas generosas que brindan su tiempo, su esfuerzo y hasta su vida, por salvar otras, sin importar la especie o raza a la que pertenezcan. Cuánto sacrificio y entrega...

El vendedor de globos

Todo lo que pasa en este cuento es pura imaginación, así que, cualquier semejanza con la realidad es pura coincidencia, que quiere decir casualidad, y los personajes son ficticios, es decir, inventados. Y ¡basta de explicaciones! Acá empieza lo lindo.

En una plaza tranquila un señor llamado Andrés vendía globos plateados, rojos, azules, amarillos, dorados y verdes; tenía también multicolores, con franjas blancas, negras, anaranjadas, rosadas, celestes y lilas. Todos los que pasaban se quedaban boquiabiertos mirándolos con admiración. Las manos de los niños se estiraban queriendo alcanzarlos. Las mamás y los papás se paraban y hacían fila para comprar alguno. El vendedor, con poca paciencia, decía:

-¡Despacio, despacio, que hay para todos! ¡No me empujen, no me empujen!

Cada uno se iba sonriendo, como quien gana el premio de la lotería, después se ponían a jugar sobre el césped con el globo y lo hacían rebotar de mano en mano.

Decenas de familias corrían por la plaza, heladeros con carritos repartían fríos y riquísimos helados y las hamacas estaban llenas de pequeños gritando y cantando.

Todo era tan lindo, el sol calentaba la tarde con sus rayos dorados y tibios. La gente contenta, comentaba las novedades ocurridas en el pueblo, mientras que los chicos se divertían a lo grande.

Entonces, fue cuando Suertudo, un perrito que todos conocían muy bien, se acercó muy despacito al lugar, porque estaba muy interesado en saber lo que ocurría y nunca había escuchado tanto bochinche, en la plaza que diariamente recorría. ¿Saben por qué la gente le puso ese nombre tan raro? Porque andaba de casa en casa y no tenía dueño. Era un animalito vagabundo y donde iba siempre lo esperaba un hueso, un plato de comida o un trocito de carne que alguna mamá buena le guardaba. Era amigo de los chicos de aquel barrio y de todos los animales que allí vivían: gallinas, gatos (aunque no lo crean), conejos, pájaros, caballos, tortugas y muchos más. Tenía una suerte más grande que no sé qué (como dicen por ahí).

Miró para un lado y para el otro. Abrió grandotes los ojos y, como en un sueño, vio los globos revoloteando.

-¡Qué maravilla! -se dijo. Claro, nunca había visto tal espectáculo. Y, como un refucilo salió corriendo en la dirección donde estaba don Andrés (se acuerdan, era el vendedor).

El hombre se sobresaltó y le pegó un grito: -¡Epaaaaaaa! ¡Fueraaaaaaaaaaaaa!

El pobre perrito huyó asustadísimo y fue a contarles a sus amigos lo que le había pasado. De qué manera aquél individuo lo había tratado, él que siempre estaba acostumbrado a que lo mimen y que le den toda clase de cuidados.

La gallina de Doña Ramona lo saludó asombrada, por la cara que tenía Suertudo y le preguntó lo que le pasaba. Después ella se encargó de desparramar por todos lados el chisme.

Los amigos se espantaron de lo sucedido, se reunieron con él y decidieron organizar un cacerolazo, para protestar por malos tratos en la plaza del pueblo. Y, uno atrás de otro, fueron marchando. Ollas chicas, ollas grandes, tapas y cucharas los acompañaban.

En la plaza seguía el jolgorio y nadie se dio cuenta de nada, hasta que empezó el batifondo. Suertudo encabezaba la protesta y detrás de él estaban todos sus amigos.

-¡Qué sucede cariño! -Dijo una abuelita, que paseaba a su nieto en un cochecito.

El perrito, ni lerdo ni dormido, paró el concierto de utensilios de cocina y, dirigiéndose a la multitud exclamó:

-¡Dónde quedaron los buenos modales! Yo solamente quería un globo, para jugar como los chicos y compartirlo con mis compañeros de juego.

En ese momento lo interrumpió don Andrés diciendo:

-Pero vos viniste corriendo como loco, casi me hacés caer.

-Yo creía que los regalaba y que enseguida me iba a dar uno, como todos siempre me dan lo que yo quiero.

Y allí intervino un papá explicándole que a veces las cosas no son así, que en ocasiones no se consigue lo que uno quiere o hay que pagar por algo, para tenerlo.

Siguieron discutiendo un rato y se dieron cuenta que los dos habían estado mal. Se perdonaron con un abrazo y el vendedor le regaló un globo a nuestro amigo.

Suertudo y don Andrés, desde entonces, se hicieron grandes compinches y aprendieron una lección muy importante, que vos y yo también debemos tener en cuenta: "hay que tratar a los demás con buenos modos" y pedir las cosas de buenas maneras.

Y para que lo aprendas de memoria por si te olvidás, aquí va este versito:

VOS Y YO
PODEMOS JUNTOS,
HACER UN
MUNDO MEJOR
SI NOS TRATAMOS
CON CARIÑO
BORRAREMOS EL
DOLOR.
FLORECERÁ LA
ESPERANZA,
RENACERÁ EL
AMOR.

Fabiana Piceda

Biografía

La señora Fabiana Piceda nació en la ciudad de Santa Fe, aunque vivió casi toda su vida en la ciudad de Las Toscas. Su padre fue Atilio Piceda y su madre es Élida Delssín.

Es Profesora para la Enseñanza Primaria y profesora de Piano, Teoría y Solfeo. Actualmente trabaja como docente en la escuela primaria de la localidad de Florencia, donde reside actualmente, con más de 25 años de antigüedad en la docencia.

Ha logrado premios en foros internacionales de poesía: "Monosílabo" (del cual es jurado y moderadora de Poesía Infantil), "Poetas Universales, "El Rincón del Poeta", "Unipoesía", "Universo Poético", "Rimando" "Mundopoesía" "Poesía pasar el alma" "Sabor Artístico" y además participa en otras páginas literarias.

Ha obtenido una mención honorífica por sus trovas en los III JUEGOS FLORALES del Balneario Camboriú / SC-TROFEO - Rodolpho Abbud.

Obtuvo una "MENCIÓN HONROSA" en el Concurso "20 Poemas para Chile" en setiembre de 2013.

También tiene un blog personal llamado Poetimundo.

Sus poesías son leídas en radios de la región del norte de la provincia de Santa Fe y en varias radios de Internet.

Escribe variados tipos de poemas, poesía clásica y libre, algo de literatura infantil, cuentos, prosas, inclinándose más por la poesía clásica y rimada.

Participó en la Antología "11 autores buscan lector" (Resistencia Chaco) año 2009

"Poemas por Palestina" Antología en beneficio del Pueblo Palestino año 2009 y

"Versos para compartir" de la autora- Febrero de 2009

"Cuadernos TELIRA" poetweets o poesía esloganizada (poemas de 140 caracteres) de Aranda del Duero. 2011

"Tercera antología Amanecer Literario" de Círculo de Castilla y León de Barcelona. 2011

"Las Cortesanas de la Poesía: Entre la cocina, los libros y la alcoba" (Del Alma Editores).

"El Eco de las Musas: Solo Poesía" (Del Alma Editores)

"Sueños & Secretos: Cuento & Poesía" (Eco Editorial Argentina)

Pequeña autobiografía

Nací en primavera,
cuando las flores despertaron
bañadas por el sol,
que en esa época regalaba
sus mejores rayos.
Será por eso que me encantan los perfumes,
el canto de los pájaros
y la música,
que se ha quedado en mí.
La he sentido en mis dedos
a través del piano
y en una armoniosa guitarra
que transmite en mis oídos
su etéreo encanto.
Soy amiga de los niños
y me gustan mucho más
cuando escuchan,
motivados por su curiosidad,
ansiosos por aprender
los misterios de la luna y la poesía.
Por eso les enseño
las letras y sus misterios,
desde hace más de veinticinco años.
Me agrada la verdad
aunque duela...
Tengo errores como todos
porque nadie hasta ahora
fue perfecto,
solo Dios lo es.
Pido perdón fácilmente
y perdono de igual modo.
Quiero la paz, la amistad,
un lugar donde poder
soñar con ser
cada día mejor.
Color esperanza

Tengo el alma
color esperanza
y un sueño dormido en la ventana.
Las manos colmadas de flores
que huelen a miel
y mil canciones
dispuestas a nacer,
borrando sinsabores.
Hay dos rayitos de sol
que alumbran mis emociones,
cien mariposas volando
en mi cielo y ruiseñores
que cada noche me cantan,
me susurran versos
y sueñan conmigo
un mundo distinto,
sin guerra, donde la paz
nos ronde.
Color esperanza pinto
mi cara por las mañanas,
junto a una gran sonrisa
que le gane a la tristeza
y pueda traer al mundo
un poquito de bonanza.
Sí, tengo el alma
color esperanza
y aquel sueño dormido
se despereza, abriendo sus alas.

Fabiana Piceda

INDICE